ホケツ！

小野寺史宜

目次

みつば高校サッカー部

宮島大地(みやじまだいち)(3年)

13

みつば南団地で絹子伯母さんと二人暮らし

五十嵐監督(いがらし)

妥協しない男。ゆえに(?)離婚歴あり

節郎(せつろう)(3年)

2

学業成績優秀。定期考査は常に一位

哲(てつ)(3年)

6

定期考査は常に下位。父がサッカー好き

尚人(なおと)(3年)

3

キャプテン。誰もが慕う人格者。秘密あり

F

DF

翼(つばさ)(2年)

4

尚人の後継者。来季はキャプテン翼誕生か

利実(としみ)(3年)

1

身体能力を買われフォワードからコンバート

GK

和元(かずもと)(3年)

あだ名はキング。うたうまし

雅史(まさし)(2年)

7

あだ名はゴン。寡黙

敬吾(けいご)(3年)

5

ムードメーカーにして下ネタ王

マネージャー
まの
真乃（3年）
M
あだ名は姉さん。大地のご近所さん
ももこ
桃子（2年）
M
かわいさから男子に注目されるも本人は
みらい
未来（1年）
M
部を冷静に観察。人の心がわかる人が好き
さとる
悟（3年）
8
旧エース。サッカーうまく顔もよし
しゅうすけ
修介（2年）
9
いじられ役。母がサッカー好き
FW
M
ごうた
郷太（3年）
11
守備は人まかせ。狙うはゴールのみ
たかおみ
貴臣（1年）
10
新エース。勝ち気なテクニシャン

風薫(かお)る五月

「点をとれるといいね」と絹子伯母(きぬこおば)さんが言い、

「うん」とぼくが言う。

「パンじゃなく、パスタにしたほうがよかった?」

「朝からそれはないよ」

「でも、ほら、よく言うじゃない。スポーツ選手は試合の前にパスタを食べるって」

「言うけど。いいよ、プロじゃないんだから」

二人、ダイニングテーブルを挟んで座り、サンドウィッチを食べてる。タマゴ、ツナ、ハムとチーズ。三種類。

それと、トマトやキャベツやワカメのサラダ。とバナナ。と牛乳。というか、低脂肪乳。低脂肪乳は、少しだけ温められてる。ホットミルクとまではいかない程度に。

朝ご飯にしては豪華だ。伯母さんがつくってくれた。昨夜も遅かったのに、早起きして。

伯母さんは証券会社に勤めてる。証券というのは要するに株のことらしいが、そもそも株自体がよくわからないので、結局何をする会社なのかもわからない。

平日は朝早く夜遅いものの、土日や祝日はこうしてきちんと休める。仕事は忙しくて大変らしい。伯母さん自身そうは言わないが、平日の気の張り具合や、対照的な休日のグッタリぶりを見てればわかる。

「大地。今日の試合は勝てそう?」

「わかんないよ。やってみないと」

「そんなこと言わないで、勝つよ、ぐらい言いなさいよ」

「だって、ほんとにわかんないよ。チームスポーツだし」

「予想ぐらいできるでしょ。相手が強いから難しいとか、そうでもないからいけるとか」

「ぼくらみたいな予選レベルじゃ予想なんてできないよ。相手の情報自体、ほとんどないし」

「強いかどうかもわからないの?」

「うーん。ぼくらと同じぐらい、なのかな。聞いたとこだと」

「だったら、勝てそうと言えるじゃない」

「負けそうとも言えるよ」

「そこは言っちゃいなさいよ。ぼくが点をとって勝つよって。負けは、実際に負けたときに認めればいいんだから」

そう言って、伯母さんは屈託（くったく）なく笑う。勝つことを知ってる人の笑みだ。

返事にもの足りなさを感じてるんだろうな、と思う。でもやっぱり、勝つよとは言えない。勝つ可能性が五割で、勝つよと言っちゃいけない。それが七割でも、ぼくは言わないだろう。残る三割の結果になったときに無残だ、と考えてしまうから。

「あ、そうだ。来月の保護者面談ね」

「うん」

「そのときまでに希望する進路をはっきりさせておくようにって。こないだの通知に書いてあった。私立文系、でいいのよね？」

「いいかな」

「学部は？」

「そこまではまだ」

「早めに決めなさいよ。それによって、受ける試験の科目も変わってくるんだから」

え、そうなの？　と思ったが、そこは知ってるふりをする。

「今、いろいろと検討中」

自身が大卒だからか、伯母さんはそういうことにくわしい。受ける大学と学部をぼくが決めたら、すぐにでも受験日と受験科目の一覧表をつくってくれるだろう。

「あのさ」と、そんな伯母さんに言ってみる。今思いついたんだけど、という感じに。

「バイトとか、してみようかな」

「バイト？　大地が？」

「うん」

「ダメに決まってるじゃない」

「決まっては、いないよ」

「受験生なのにアルバイトをする人がどこにいるのよ」

「部にもいるよ」

郷太だ。三年になった今も、バイトをしてる。試合がない土日は必ずしてるし、平日も、たまに部の練習を休んでることがある。

「部にいてもダメよ。勉強と部活だけで精一杯じゃない。それに、アルバイトは許可制でしょ？　学校が許可しないわよ」

「許可はするよ。ほら、何ていうか、ウチみたいな家の場合は、許可してくれるはず。その部員の家も父親と二人なんだ。それでも許可してくれるんだから、ウチならまちがいないよ」

「アルバイトは経験したほうがいいけど、大学に入ってからで充分」

「その彼はハンバーガー屋でやっててさ、そういう店なら週一とか週二でも雇ってくれるって言うんだよ」

「でもダメ。高三の五月にアルバイトを始める理由がない」

理由。あるような、ないような、だ。ないと言えばないし、あると言えばある。

その話はおしまい、とばかりに伯母さんが言う。

「大地、わかってるわね？　今年のお参りは、今月最後の土曜日だから」

そして仏壇をチラッと見る。ダイニングキッチンの隣の居間に置かれたコンパクトな仏壇だ。初めは伯母さんがつかう奥の和室に置かれる予定だったが、それではぼくが拝みたいときに拝めないとのことで、そうなった。

この歳で伯母さんと出歩くのも、何というか、気恥ずかしい。来年は七回忌で、そここそきちんとしたことをやるみたいだから、今年の命日は行かなくていいんじゃないかと思ってた。どうせお盆には行くんだから、命日はいいんじゃないかと。もちろん、口に出したりはしないけど。

居間の仏壇に供える花は、伯母さんが何日かおきに替える。花瓶の水を換えるくらいのことなら、ぼくもやる。やって、伯母さんに報告する。そうしないと、伯母さんがまたムダに換えてしまうかもしれないからだ。報告するたびに、ありがとう、と伯母さんには言われる。言われるたびに、お礼を言われる立場じゃないのにな、と思う。

３ＤＫの狭い団地だから、どこにいても仏壇の存在を感じる。仏壇はこうした住居用の小さなものだが、存在感は大きい。まず仏壇があり、そこにフロやキッチンや部屋が付いてるみたいだ。仏壇のＢを加えて、３ＢＤＫ、としたくなる。

「伯母さん、この四日間は、ずっと休み？」

「そう。暦どおり」

「何か予定は？」

「今のところ、なし。ゆっくり休む。といっても、せっかく起きたから、今日は銀座に行くつもり。帰りに晩ご飯のおかずを買ってくるわよ。デパ地下のお惣菜でも。何がいい？」

「何でもいいよ」

「お惣菜じゃなく、カツ丼とかにする？　試合に勝つってことで」

「帰ってくるころにはもう終わってるよ、試合」

「次の試合に勝つってことでいいじゃない」

「トーナメントだから、負けたら次はないって」

「ほかにも試合はあるでしょ？」

「あるけど。練習試合とかのためにカツ丼ていうのも何でしょ」

「だから今日勝てばいいのよ。そのための、カツ丼。現物はあとまわしの」

「まあ、それならそれでもいいよ。まかせる」

「わかった。とにかくがんばってね、試合。とれるだけとっちゃいなさいよ、点」

⚽

サッカーは好きだ。そして、ヘタだ。

今もベンチに座ってる。曇り空のもと、選手たちがグラウンドを走り、ボールを蹴るのを眺めてる。

ベンチはピッチのすぐ外にあるので、ボールが転がるツツツいう音や、スパイクのポイントが土を削るザクザクいう音に交じり、選手たちの声や息づかいまでもが聞こえてくる。

ぼくの隣に座る監督の五十嵐からは、プレーに対する指示が飛ぶ。

「ほら、そこで妥協すんな！」

ボールを追うのを簡単にあきらめるな、というような意味だ。

「だから人まかせにすんな！　妥協すんなって！」

県高等学校総合体育大会サッカーの部ブロック予選。手短に言えば、高校総体の県予選。試合会場は私立校のグラウンド。冬の大会、いわゆる高校サッカー選手権の次に位置づけされる大会だから、みんな真剣だ。選手たちは必死だし、五十嵐の妥協すんなも、練習試合のとき以上に連発される。ヴァリエーションも幅広い。

「房樹（ふさき）、止まんなって！　何で妥協だよ！」「おいおい、翼（つばさ）！　ディフェンスがそこで妥協か？」「詰めろよ、ゴン！　そうすりゃ向こうが妥協すっから！」「利実（としみ）！　シュートは力を抜いて打て！　それは妥協じゃない！」

その真剣な試合を、ぼくはこうして特等席で観戦する。待機してるのではない。まさに観戦。自分が出られるとは、これっぽっちも思ってない。

したがって、伯母さんには悪いが、点などとれるはずもない。がんばることさえ、できない。できるのは、硬いプラスチックのベンチに座りつづけることで生じる尻（しり）の痛みに耐えることくらい。

ここ数年、スーパーサブなんて言葉がよくつかわれる。試合の後半に流れを変えるべく投入されるような選手のことだ。ウチで言えば、利実と代わって出ることが多い二年のフォーワード修介（しゅうすけ）。要するにレギュラーではないのだが、何となくカッコいい。言葉の響きがいい。

ぼく宮島（みやじま）大地は、残念ながら、そのスーパーサブでもない。スーパーはつかない。ただのサブだ。補欠。背番号は、13。

ベンチウォーマー。ベンチを温める人。いかにも英語的な表現だが、考えてみればひどい言葉だ。コンビニ弁当や冬の缶コーヒーとちがって、ベンチは、温めてやる必要がないんだから。

ゴールデンウィーク真っ只中の、五月三日。ぼくが三年生になり、入学してきた一年生たちを加えた新チームになって、ほぼ一ヵ月。

去年の七月に選手権予選の初戦で負けて当時の三年生が引退したあとも、ぼくはレギュラーになれなかった。今年の四月に一年生が入ってくると、状況は変わらないどころか、むしろひどくなった。その一年生のなかに、みつば高サッカー部史上最高の選手と早くも評される貴臣がいたのだ。よりにもよって、ぼくと同じ攻撃的ミッドフィルダーの貴臣が。

新年度の練習初日にして、あぁ、無理だ、と悟った。前月まで中学生だったとは思えないくらい、貴臣はうまかった。メッシやクリスティアーノ・ロナウドがやってたという軽快なボールリフティングを、グラウンドでぼくらに披露してみせた。技術だけを見れば、三年のエース悟よりも上だった。ぼくは自分が補欠のまま部を引退することになるのだと知った。

試合の前半は〇対三。後半に入って、悟と郷太が一点ずつとったが、直接フリーキックで一点をとられ、二対四になった。

貴臣をつかってもいいような気がするが、この総体までは二、三年生のみでと決めてるのか、五十嵐はつかわない。ほら、妥協すんのは早いぞ！と活を入れるだけだ。

去年の秋にスタートしたこのチームへの期待は、結構高かった。クラブのジュニアユース出身の悟がいるし、ほかにもキャプテンの尚人や哲といったいい選手がいる。また、ライバルである野球部の躍進が格好の刺激になってもいた。

どの大会でもたいていは初戦で敗退してた野球部は、四番ピッチャー酒井礼市の活躍で、昨秋から好調だった。春の大会でも、四月半ばのブロック予選を突破し、ついこないだの一回戦も勝った。翌日の二回戦は、惜しくもサヨナラで負けたらしい。敗因は、連投によるエース酒井の疲労。彼がマウンドを降りた九回裏に、一気に三点をとられたのだという。

ちなみに、この酒井くんはぼくのクラスメイトだ。地味ながら、みつば高のスターと言っていい。

その野球部に負けじと、サッカー部もこの春の大会に勇躍臨んだわけだが、見事に出鼻をくじかれた。前半五分にオウンゴールに近い形で失点し、立て直せないままズルズルいった。ところどころで悟がいいプレーをしたが、流れを引き戻すまでには至らなかった。

大会ともなれば、それがたとえブロック予選でも、熱心な親たちは試合を観に来る。今日も何人かいる。三年の守備的ミッドフィルダー哲のお父さんに、修介のお母さん。この二人は、土日に地元みつば高のグラウンドで行われる練習試合まで観に来ることがある。

超ウザいっすよ、と修介はいやがるが、哲はそうでもない。哲のお父さんは筋金入りのサッカーファンで、哲が中学生のころから試合を観に来てたらしい。利き足が左ということもあり、哲は、同じレフティの日本代表、砂田佳之也のプレーを見習えといつも言われてるそうだ。

哲のお父さんと修介のお母さんはもう顔見知りになってて、今では試合会場で会うたび一緒に観戦する。哲のお父さんが修介のお母さんにプレーの解説をしたりする。地面に石で図を描いて、戦術の説明をしたりもする。

三年の左サイドバック敬吾はそれを茶化して、哲と修介が兄弟になる日も近いな、なんて言ってる。ダブル不倫の末にサッカー愛夫婦の誕生だな、と。マジウゼー、と修介はやはりいやがり、気色わりぃよ、とこれはさすがに哲もいやがる。周りのみんなは笑うけど。

その二人のほかに、今日は見慣れない観戦者もいる。四十代ぐらいの、小さなレンズの丸メガネをかけた男の人だ。

こちらのベンチ寄りに立ってるから、誰かの父親ではあろうが、誰のかまではわからない。このところ試合に出るようになった二年の房樹のお父さんかと思い、ハーフタイムに尋ねてみたが、房樹の返事はこうだった。ちがいますよ。親父は巨人ファンです。オフサイドの意味もわかんないです。

後半も残り十分。ディフェンスの選手も含めて全員で点をとりにいったところで、チームはきれいなカウンターを食った。ゴールキーパーのキングと相手フォワードの一対一の形をつくられて、あえなくシュートを決められ、ダメ押しの五点めをとられる。もはや妥協するもしないもない。それでみんなの足は止まった。

そして主審が、ピッ、ピッ、ピーッと笛を吹き、試合は終わった。二対五。残念とも惜しいとも言い難い敗戦だった。

それでも、みんな、落胆はした。今回は勝てるかも、とそれぞれに思ってたからだ。なのに三点差をつけられたのだから、ヘコまずにいるのは無理だろう。

終わったことは終わったこと。いつもどおり、試合後の五十嵐は選手たちを責めなかった。ミーティングを開いて、一人一人に反省点を挙げさせはしたが、そこ止まりだった。

もう初戦敗退はいいだろ、七月の選手権は勝つぞ！　と五十嵐は言い、選手たちも、うぃっす！　と言った。もちろん、ぼくも言った。自分が出られなくても、試合には勝ちたい。


ミーティングが終わると、トイレに寄り、更衣室として割り当てられた校舎一階の教室に向かった。

「大地先輩」

背後から声をかけられたので、振り向き、立ち止まる。

二年のマネージャー桃子（ももこ）だ。ポニーテールにジャージ姿の。

「何？」

「ちょっとお話があるんですけど」

こっちこっちと桃子が手招きするので、教室とは反対側、昇降口のほうへまわった。廊下からは死角になる場所だ。

くるりと向き直った桃子が、前置もなしに言う。

「ねぇ、先輩。キャプテンて、カノジョいるんですか？」

「さあ。いないんじゃない？」

「じゃない？　って。知らないんですか？」

「うん。知らない。ほら、尚人はあんまりそういう話をしないから。でもたぶん、いないと思うよ」

「たぶんじゃなくて、はっきり訊（き）いてもらえませんか？」

「おれが訊くの？」

「わたしじゃごまかされそうですもん。だからお願いしますよぉ、先輩」

ぼくはよくそんなことを頼まれる。まるでぼく自身が部員の個人マネージャーみたいだ。断らないからいけないのかもしれない。でもその程度のことは、逆に断りづらい。

実際、部外の女子からも頼まれる。例えば三年の部員でただ一人カノジョがいる敬吾。そのカノジョである明日香(あすか)と敬吾のあいだは、ぼくがとりもった。というか、ぼくが明日香の代わりに敬吾に告白したようなものだ。そうつれないこと言わないでよ、心から敬吾のことが好きなんだからさ。とか何とか。

桃子はまさにそこを突(つ)いてきた。

「大地先輩を通すと恋が叶(かな)うって話じゃないですか。敬吾先輩も翼もそうですよね?」

「敬吾はそうだけど。翼も、そうなの?」

「そうですよ。わたしと同じクラスのサキって子が翼と付き合ってますもん。大地先輩に紹介してもらったとかで」

サキ。まるで思いだせない。

「紹介、してないけど」

「でも、わざわざ部室にまで翼を呼びに行ってくれたらしいですよね?」

そのくらいのことなら、したかもしれない。数が多すぎて、覚えてない。明日香はクラスメイトだからわかるが、二年生ではわからない。

「それで、何?　おれはそういう人ってことになってるわけ?」

「大地先輩は縁結びの神、恋のキューピッドなんですよ」

知らなかった。だから多いのか、そういうことが。もうほとんど月一ペース。多すぎでしょ、それ。

「だって、先輩、部外との橋渡しまでしてるじゃないですか」

「橋渡しって」

「だから部内のこともきちんとしてくださいよ。お願いしますよぉ」と、桃子は上目づかいにぼくを見る。そういうの、ズルい。

去年の春、マネージャーとして、普通より一ヵ月遅れで桃子が入ってきたときは、部員一同、おっ！　となった。マジかよ、汚れたユニフォームを洗濯に出せなくなるよ、と敬吾は言った。何よ、わたしには出せるわけ？　と、当時二年で現三年のマネージャー真乃は言った。ふざけんなよサッカー部、とほかの部からは言われた。帰宅部からも言われた。そのくらい、桃子は注目されてたのだ。みつば高の看板となり得るかわいい女子として。

でもマネージャーになったからといって、部員の誰とどうということはなかった。ウチの部には、部員とマネージャーの交際は禁止、なんて堅苦しいルールはない。なったらなったで当人同士が気づまりだから意外とそうならない、というだけの話で。

それがここへきてのこれ。一年間、桃子は尚人への想いを秘めてたのか。それとも、マネージャーとキャプテンとして接するうちに惹かれていったのか。たぶん、あとのほうだろう。尚人は誰からもきらわれない、誠実なキャプテンだから。

そんな奇跡のキャプテン尚人にカノジョがいるのかどうかは、本当に知らない。腕にキャプテンマークを巻いて生まれてきたような人格者尚人は、あの子かわいいとかそうでもないとか、あの子胸がデカいとか小さいとか、そんな類のことをまったく口にしないので。

で、結局どうなったかと言うと。

あっけなく桃子に押しきられた。まあ、訊いてはみるよ、と言わされた。ぼくは女子の上目づかいに弱い。それで骨抜きにされるというのでなく、居たたまれなくて逃げだしたくなるという意味で、弱い。

桃子と別れると、更衣室代わりの教室に戻り、速攻で着替えた。紺のブレザーにライトグレーのズボンという制服にだ。

部員たちの着替えが終わるのを見計らって、五十嵐が言う。

「みんな、いいか。あとの三日はゆっくり休んで、気持ちを入れ替えろ。三年生は受験勉強もしろ。連休明けからは、選手権予選とリーグ戦に向けて練習だぞ。それと、このあと寄道はすんなよ。まっすぐ帰れ」

そして部員たちからの、さっきよりはいくらか間延びした「うい〜っす」を待って、こう締める。

「じゃ、おつかれさんな。解散！」

うぃ〜っす、と言いはしたものの、ぼくらは寄道した。寄道というか、まわり道。キングとぼくはともかく、利実と悟は、乗る電車の方向自体が逆だった。

特に誰が言いだしたわけでもない。何となくそうなった。行先は海に決まった。結果、みつ高こと県立みつば高があるＪＲのみつば駅で降りることになった。ぼくにしてみれば、大した寄道でもない。みつばは自宅の最寄駅だから。

コンビニで買ったパンやらおにぎりやらを食べながら、駅から海へと向かう市役所通りを四人でダラダラ歩いた。キーパーのキングとフォワードの利実とミッドフィルダーの悟、レギュラーの三人と、控えのぼく。グループというほどでもないが、つるむことは多い四人。

みつばは、アパートやマンションと戸建てが混在する住宅地だ。東京湾の埋立地でもある。先の震災では、アスファルトの路面が波打ったりひび割れたりした。その程度のことですんだことはすんだが、いずれ来ると言われてる首都直下地震が本当に来たらと思うと、ちょっとこわい。伯母さんもそう言ってる。

駅からみつば南団地までは歩いて二十分で、みつば高校から南団地までも歩いて二十分。入試に受かったときは自転車通学も考えたが、それだと五分で着いてしまうので、徒歩通学を選んだ。五分では切り換わらないような気がしたのだ。何かから何かが。

駅から海までは、普通に歩けば同じく二十分だが、ものを食べながらのダラダラ歩きなので、三十分近くかかった。バーベキューは禁止だの犬を放すのも禁止だのと書かれた看板のわきを通り、低い堤防を越えて、浜に足を踏み入れる。人工海浜とはいえ、砂浜は砂浜。くつが砂地にやわらかくめり込んだ。

休日だからか、浜にはそれなりに人がいた。歩いてる人。犬の散歩をしてる人。ただいる人。人のほかには、ハトも何羽かいた。

ここは遊泳禁止じゃないが、まだ時期が時期だけに、泳いでる人はいない。みつばに住んで十二年。ぼく自身、ここで泳いだことは二、三度しかない。まあ、地元の人はそんなものだろう。数キロしか離れてない工場群の煙突からモクモクと出る煙を眺めながら泳ぐ気にはなれない。

四人で波打ち際へと進む。ところどころに貝の破片や小石が埋もれてる。その辺りは砂がいい具合に湿り、締まっているので、とても歩きやすい。ひざに優しそうな感じだ。

湾らしく、大きな波はない。細かな波が、立てつづけに打ち寄せる。ザッパ〜ンとではなく、シャバシャバと。その代わり、音が途切れない。

水がぎりぎり届かないところで立ち止まり、それぞれに海を眺めた。

沖合に大きな船が三つ四つ浮かぶのが見える。大きいことはわかるが、距離がありすぎて、どのくらいの大きさなのかはわからない。湾とはいえ、海。広い。そして、広さを実感させてくれるものが近所にあるのはいい。

「試合に負けて落ちこんだ。だから海が見たい」とキングが言う。「って、おれら、女子かよ」

「それは女子差別じゃね？」と悟。

「じゃねえよ」

「ヘタすりゃセクハラじゃね？」と利実。

「じゃねえって。今ここに女子はいねえんだから。いたってセクハラじゃねえよ」

いたら言わねえし、と続けたので、そのキングらしさに三人が笑う。

「まあ、男子だって海は見たいよな」と悟が言い、

「見たいね」とぼくが続く。

「汚い東京湾でもかよ」とキング。

「東京湾だって、海は海だ。この先はもう世界だろ」と悟が返す。

「この先は神奈川だろ。川崎とかその辺だよ」

「その前にまず羽田空港じゃん？」と利実。「飛行機とかよく飛んでるし」

「大地さ、あれってスカイツリーか？」と悟に訊かれ、

「うーん。たぶん」と答える。

悟が指した右方に、それらしきタワー状のものが小さく見える。距離どころか方角もつかめないから、よくわからない。たぶんとしか言えない。

♪海は広いな　大きいな♪

とキングがいきなりうたいだす。

♪試合に負けたし　日が沈む♪

笑った。

「うわ、それ泣けるわ」と利実。

「日が沈む、がそのままのとこがいいな」と悟。

「変に活きちゃってるね、詞が」とぼく。

キングのうたが聞こえてしまったらしく、少し離れたところにいる四人の女子たちがこちらを見て笑った。おそらくは中学生。くつとくつ下を脱いで足首まで水に浸かり、キャーキャー言ってる。どことなく恥ずかしそうにしてるのは、悟がカッコいいことに気づいたからだろう。

「にしてもさ、おれら、弱ぇよな」とキング。「弱すぎだな」

「今日はいけると思ったんだけどな」と悟。「野球部にまた離された感じだよ」

「確かに」と利実。「デカいよな、酒井がいるのは」

「あいつはちょっと反則だろ」とキングが利実に言う。「同じ中学の出身者として言ってやれよ。お前は反則だって」

「言ってるよ、何度も」

「利実は、中学んときにサッカーに移っといて正解だよな。高校でも酒井と一緒じゃたまんねえだろ」

キングが言うように、利実は中学時代に野球からサッカーに転向した変わり種だ。転向した理由は、足腰を鍛えるためとの名目で野球部が冬場にやってたサッカー練習で、野球よりサッカーのほうが好きになってしまったから。また、その時期恒例だというサッカー部との親善試合において、高さを活かしたヘディングシュートで二点をとり、サッカー部の顧問に本気でスカウトされたからでもある。

その中学の野球部には、現在みつば高校野球部エースとして君臨する酒井礼市がいた。こいつにはかなわない、と思ってしまったことも、あっけなくサッカーに転向する理由の一つになったらしい。

つまりサッカー選手としてのスタートは遅かったわけだが。それでも利実はみつば高サッカー部でフォワードのレギュラーになってる。中学高校とサッカー一筋のぼくの立場がない。

「サッカーに移っても」とその利実が言う。「点がとれないフォワードじゃしかたないよな。結局、今日もとれなかったし」

「五点とられたキーパーよりはましだろ」とキングが自嘲気味に言う。「おれらじゃどうにもなんねえから、エースに頼むしかねえよ。野球部は酒井、サッカー部は悟。頼むよ、エース。今日も一点はとってくれたけど、あと四点とってくれ。でなきゃウチは勝てない」

「おれじゃなく、これからは貴臣が何とかしてくれるよ」

「一年生エースか。それはそれでカッコいいけど、おれら三年はカッコわりいよな」

「強くなるならいいよ、カッコ悪くても」と悟が言い、

「だな」と利実が同意する。

悟はかつてプロのクラブのジュニアユースチームにいた。ジュニアユース。中学生年代だ。

そのなかで、将来性を見込まれた数人だけが、ユースに昇格する。昇格した者たちは高校では部に入らず、クラブでのプレーに専念する。昇格できなかった多くの者たちは、再び上に挑むべく、私立の強豪校なんかに進学する。大まかに言うと、そんな構図になって

る。

悟はユースに昇格できなかった。高校は私立も考えたらしいが、家庭の経済事情もあって、公立を選んだ。そのときの学力で判断した結果、みつば高になったのだ。不運といえば不運かもしれない。

サッカー部に入って初めて悟とプレーしたときは驚いた。ぼくなんかは、むしろみつば高だからサッカー部に入ろうと思ったクチなので、もう、ただただ驚いたと言うしかない。

うまい選手のドリブルは、ボールが足に吸いつくような、と形容されたりする。悟のドリブルがまさにそれだった。足に吸盤がついてるんじゃないかと思った。とてもじゃないが、ボールを奪うことはできなかった。触ることもできなかった。

入部して一ヵ月が過ぎたころ、ぼくは五十嵐にこう尋ねたことがある。あの、先生、ぼくがここにいちゃマズいですかね。

何だ、やめたいのか？　と五十嵐は言った。そうじゃなくて、悟をぼくなんかと一緒にプレーさせるのはマズいんじゃないかと思って。そんなふうに説明した。どうにか意は伝わったらしく、五十嵐は笑い、そんな質問をしてきたのは大地が初めてだ、と言った。そして悟本人を呼び、冗談半分にその質問をぶつけた。

悟はあせり、いや、おれ、やめろなんて言ってないですよ、と釈明した。お前はヘタだからやめろと言われた、とそんなようなことをぼくが五十嵐に言ったと早合点したのだ。五十嵐の説明で事情を理解すると、悟はあらためて言った。それで大地がサッカーをやめなきゃいけないなら、おれもやめなきゃいけないだろ。ユースではじかれてんだから。

いい人だな、と思った。素直に。

そんなこともあってか、ぼくは悟とよくつるむようになった。サッカー部内でも一番仲がいいのは悟だと思う。サッカー部内どころか学校内でも人気が高い悟自身は、一番仲がいいのがぼくだとは思ってないだろうけど。

♪あぁ　おれはいつまでも青竹のままでいたいよ♪

とキングがまたしてもいきなりうたいだす。聞かれたのだからもういいと思ったのか、さっきよりもずっと大きな声だ。

海とその上の空に吸いこまれるかのように、声がのびる。艶（つや）やかで、甘く高い声。ラブソングをうたわせたらグッときちゃいそう、なのだ。二年のマネージャー桃子に言わせれば。一緒にカラオケに行ったことがあるから、ぼくも知ってる。キングは本当にうたがうまい。

中学のときはバンドでヴォーカルもやってたらしい。夏に部を引退したあとの文化祭では、音楽室でのライヴでうたったりもしたという。実際に女子はグッときちゃってたそうだ。これは桃子じゃなく、キング自身に言わせれば。

♪五十になっても青竹のままでいたいよ　君の隣でまだまだ伸びつづけていたいよ♪

エバーグリーン・バンブーズの佳曲『エバーグリーン・バンブー』だ。

エバーグリーンは常緑とかいう意味で、バンブーは竹。いつまでも青い竹、朽ちない竹、みたいなことだろう。ヴォーカルの下の名前が伸竹ということで、そのバンド名になった。愛称はバンブーズ。今、すごく人気がある。ライヴのチケットはなかなかとれないらしい。

最後におまけのヴィブラートを利かせてキングがうたい終えると、四人の女子たちからパチパチパチと拍手がきた。

「うま～い」「声似てる～」「本物みた～い」「びっくり～」

キングがふざけつつもカッコをつけて、「センキュー」と言い、片手を広げて深々と頭を下げる。それには女子たちが笑い、ぼくらまでもが笑う。

さっき試合で五点めをとられたときはさすがにガックリきてたが、余裕が戻ってる。さすがはキング。立ち直りが早い。

でもそこまでで、その先、君ら中学生？　と声をかけたりはしなかった。女子たちはもしかすると声をかけてほしかったのかもしれないが、キングはそこで止めておいた。そしてぼくらには小声で、「中学生はヤバいだろ」と言った。要するに、興味がないということだ。

長くいたところですることもないので、結局、浜には三十分ぐらいしかいなかった。

それでも、潮風に吹かれ、打ち寄せる波を見て、シャバシャバいう音を聞いただけで、少し気は晴れた。試合に出てないぼくでさえ晴れたぐらいだから、出てた三人も晴れただろう。

「弱った勢いでついつい来ちゃったけど、帰りはダリいな」とキング。

「弱った勢いってのも、いいな」と悟。

「弱ってんだから、勢いはないよな」と利実。

「でもわかるよね」とぼく。

そんなしょうもないことを話しながら、来たとき以上のダラダラ歩きで駅のほうへ戻る。そしてぼくだけが途中で右に曲がり、三人と別れた。

「じゃあな、大地」と悟。

「いいよな、学校から近くて」とキング。

「休み明けにまた」と利実。

「うん。おつかれ」と言ったあとに、冗談を足す。「というか、おれは疲れてないけどね」

「お、大地、ブラック」とキングだけが反応し、悟と利実は苦笑する。

そういうことは言わなくていいんだよなぁ、と思うが、やはり言ってしまう。自分の立場をきちんと理解してることくらいは、仲間に知っておいてほしいから。

みつば南団地は全部で四棟ある。そのD棟。ぼくが住むのはちょっと、じゃなくてかなり縁起が悪そうな四〇四号室だ。そういうのを気にする人はするので、空きが出てもすぐには埋まらなかったりする。だから自分たちがすんなり入居できたのだと、そういうのをまったく気にしない伯母さんは言ってる。

午後三時すぎ。狭い階段を上り、自分のカギでドアを開けてなかに入ると、驚いたことに、その伯母さんがいた。出かけてない。居間のソファに座り、いつもの日経新聞を読んでる。

「おかえり」

「ただいま。銀座に行くんじゃなかったっけ」

「そのつもりだったけど。あれから二度寝しちゃって。今日は断念。明日にする」

なら、よかった。次の勝利に向けた気まずいカツ丼はなしだ。

「試合、どうだった?」

「負けたよ。二対五。大差」

「二対五って、大差なの?」

「サッカーでは大差かな」

「点はとれた?」

「一点」

うそだ。ぼくはボールに触ってもいない。いや。タッチラインから出てベンチに転がってきたボールに一度触っただけ。そのボールは手で拾い、スローインをする相手チームの選手にほうってやった。ハンドだ。でもピッチ外だから、反則にはならない。

哲のお父さんや修介のお母さんとちがい、これまで伯母さんが試合を観に来たことは一度もない。一般的な女の人たち同様、サッカーには興味がないのだ。伯母さんがサッカーを観るとすれば、それはワールドカップの日本戦ぐらいだろう。

だからこそ、うそは続いてる。ぼくは点をとれる攻撃的ミッドフィルダーのままでいられる。去年から、ぼくはいったい何点とったろう。ミッドフィルダーとしてはかなりいい数字を残してる。フォワードにも負けてない。どう考えてもエースだ。

うその行く末も決めてる。もしも試合を観に来られたら、その日からベンチに下げられたことにしようと思ってる。でも幸い伯母さんは観に来ないので、ぼくはヴァーチャルなレギュラーで居つづけてる。スーパーサブならぬ、ヴァーチャルレギュラー。音的にはカッコいいが、意味的にはカッコ悪い。ムチャクチャカッコ悪い。

「負けちゃったんなら、しばらくはお休み？」と伯母さんが訊いてくる。

「連休が明けたら練習」と答える。「最後の選手権の前に三部リーグの試合もあるし、練習試合もあるから」

「そうすると、三年生の部活はいつまでってことになるの？」

「えーと、選手権予選の初戦で負ければ七月の終わり、かな。毎年、正月を挟んで高校サッカーってやってるでしょ？　県大会を勝ち抜いて代表になったら、あそこまで引っぱられちゃうけど」

「三年生も？」

「うん」

「大変」

「でもそこまでうまい人たちは、推薦とかで大学に行けるんじゃないかな」

「みんながみんなではないでしょ」

「それはそうだろうね。まあ、だいじょうぶだよ。ぼくらは、どうまちがえても県の代表にはならないから。今回も、ブロック予選の初戦で負けたわけだし。目指せ、国立！　なんてことを本気で言ってる部員もいない」

そう。いない。たまに敬吾がふざけて言うぐらいだ。駅での別れ際にも言ってた。これでまた冬の国立が遠のいたぜ、と。電車で一時間だから場所的には近いんすけどね、と修介が続いた。みんな、笑った。

「ねぇ、大地」

「ん？」

「予備校とか、本当に行かなくていい？」

「うん。いいよ。予備校に行ったから頭がよくなるわけじゃないし」

「でも、行くことで、勉強はするでしょ」

「勉強するっていうか、ただ講師の話を聞くだけだよ。二度手間でしょ。一応、学校の授業でも同じことをやってるんだし」

「行ってる子、いないの？」

「いないことはないけど」

いる。クラスにもいるし、部にもいる。キングと哲と節郎（せつろう）が行ってる。あくまでも学業優先なので、予備校の授業があるときは部を休んでいいことにもなってる。そこが弱小校の強みだ。

「もし大地が行きたければ、行ってもいいんだからね」

「ならいいけど」

「してないよ」

「遠慮、してない？」

「うん」

そんなことを言うくらいだから、伯母さんがぼくにバイトなんかさせるはずがない。

訊くまでもない。わかってはいたのだ。でもこの予備校だけは譲れない。バイトはしない。予備校には行く。それじゃあ、どれだけ負担をかけるかわからない。

お金のことだけじゃない。いや、結局はお金のことだけど。何というか、いやなのだ。母と暮らしてたときよりむしろいい暮らしになる、みたいなことが。母が亡くなって伯母さんに引きとられたことで、結果的にぼくの暮らしぶりはよくなってる、みたいなことが。こうなってよかったのだと、いつか自分が思ってしまいそうで。

銀座のデパートへ買物に出るはずだった伯母さんがみつば駅前の大型スーパーへ買物に出ると、ぼくは冷凍食品のエビグラタンをレンジでチンして食べた。

それからパソコンを開き、いくつかの大学受験情報サイトを覗いてみた。

そのパソコンは、伯母さんと共用にしてる。といっても、伯母さんはたまにネット通販で買物をする程度だから、ほとんどぼくだけがつかってるようなものだ。伯母さんが仕事にこれをつかうことはない。仕事はすべて会社から支給されたタブレット端末でする。

何日か前に見た受験情報サイトを見ようと思い、閲覧履歴からそれを探した。そのなかに、ちょっと気になるものを見つけた。

結婚式やら挙式やらの言葉が交じったホテルや神社のサイト。それが一つや二つでなく、三つや四つもある。いや、七つも八つもある。もちろん、ぼくが見たんじゃない。伯母さんだ。

初めは単なる調べものだろうと思った。何かの関係で、結婚式を行えるホテルや神社を調べる必要があったのだろう、と。

でもすぐに、何かの関係が伯母さん自身の関係であってもおかしくはないのだということに気づいた。

伯母さんは、今、四十八歳。ここまでずっと独身を通してきた。だからこの先もそうなのだと勝手に思ってた。結婚と伯母さんが結びつかなかった。が、七つや八つというその数がぼくに、ここまで結婚しなかったからこの先も結婚しない、が理屈としておかしいことに気づかせた。

例えば会社の部下の人が結婚するとしても、上司である伯母さんが、式を行うホテルや神社のサイトを見たりはしないだろう。見るにしても、実際にそれが行われるホテルか神社のサイトだけだろう。

そう考えて、ちょっとあせった。一つだけと試しに開いたホテルのサイトは、真っ白にドレスアップした新郎新婦の画像だのウェディングプランなる言葉だのに圧倒されて、すぐに閉じた。二つめや三つめを開く気にはなれなかった。結局は受験情報サイトを見るのもやめ、ぼくはパソコンそのものを閉じた。

先週の土曜日に電話がかかってきたことを思いだす。

固定電話、つまり宮島家の電話にかかってきたのだ。声の感じからして、たぶんそう若くもない男の人から。

今みたいに、伯母さんは買物に出てた。どうせ何かの勧誘だろうと思ったが、万が一大事な電話だと困るので、ぼくは受話器をとった。

当然のように、電話は伯母さん宛だった。出だしにサラッと言われたので、名前は聞き逃(のが)した。絹子さんはいらっしゃいますか？　と相手は言った。今ちょっと出てます、とぼくは応えた。あぁ、そうですか、のあとに相手はこう続けた。もしかして、えーと、大地くん？　はい、と返事をした。すいませんね。ケータイの調子が悪いみたいだから、こっちにかけてみたんだけど。またかけてみますよ。そう言って、相手は電話を切った。

会社の人だろうと思った。伯母さんのケータイは実際にその何日か前から調子が悪かった。だからアウトにならないうちにということで、伯母さんは翌日曜に急遽(きゅうきょ)スマホに機種変更したのだ。基本的な操作の仕方はぼくが教えたが、あれはああでこれはこうでと苦戦してる。便利だけどまだ慣れないわよ、と今朝もこぼしてた。

今思えば、あれは会社の人じゃなかったのかもしれない。会社の人が休日に電話をかけてはこないだろう。同僚の家庭の事情を知ってたとしても、もしかして、大地くん？　とは言わないだろう。

晩ご飯のあとで、ぼくは伯母さんに、パソコンつかうね、と断り、自分の部屋であらためてそれを開いた。

受験情報サイトを見た。それとなく、履歴も見た。ホテルや神社のサイトの履歴は消されてた。それらの履歴だけが、消されてた。

昼間は伯母さんが消し忘れてたのだ。そう思わないわけにはいかなかった。何かの関係。それはやはり伯母さん自身の関係なんだな。そう思わないわけにもいかなかった。

⚽

ゴールデンウィークが明けると、まずは桃子の件を片づけた。具体的には、昼休みに訪ねていき、カノジョがいるかどうかを尚人に訊いた。

カノジョはいないよ。それが答だった。誰が訊いてきたのか、なんてことを、紳士尚人はぼくに訊かなかった。ただ、大地から適当に断っといてくんないか、と言った。そんなことを言うのは珍しい。そう思った。何においても適当なことをしないのが、この尚人なので。

カノジョはいないけど女子と付き合ったりする気はないみたい、と桃子には伝えた。その日の練習前に、直接。

そんなぁ。のあとに涙目。それが桃子の反応だった。

キューピッドとしては、心が痛んだ。ちょっとだけ。

そして部の練習は再開された。

といっても、すぐに中間考査期間に入ってしまうので、総体ですでに敗退したぼくらにしてみれば、選手権予選に向けてチームを立て直すための一週間、という感じだ。

放課後になると、部員たちが部室に集まってくる。後輩と先輩で、ちわっす、ういっす、とのあいさつが交わされる。ゆるゆると着替えつつ、あちこちで冗談も交わされる。もちろん、それには下ネタも含まれる。

部の下ネタ王は、やはり敬吾だ。でもおもしろいことに、カノジョの明日香を対象にされると怒る。一、二年生たちには、お前らおれのカノジョをオカズにしたら罰金だかんな、なんて言う。本気で怒ってるのかわかりづらい。

みつば高サッカー部は、決して大所帯じゃない。三年生、十人。二年生、十二人。一年生、十四人。計三十六人。一学年三百二十人でのそれは、よそにくらべると少ない。

何故少ないのかはわからない。弱いからかもしれない。五十嵐の前任の監督は、みつば高の前にいた学校では天文部の顧問であった理科の教師で、サッカーのことは何も知らなかったらしい。だから指導も何もあったものではなく、毎日ほぼ自主練だったという。そのころは、選手権予選の初戦で〇対七で負けたこともあるそうだ。

でも五十嵐が顧問になってからはそんなことはない。五十嵐は、高校までとはいえ経験者だし、まずサッカーが好きだ。一番好きな選手は元アルゼンチン代表のフォワード、バティストゥータだというからちょっと古いが、ぼくらがそう言うと、むきになって言い返す。お前ら、ガキのくせにバティをなめるんじゃない。それには、あとで敬吾が言ったものだ。自分の古さを認めない。さすが妥協しねえよ。そして修介も言い足したものだ。ウチら、バティをなめたんじゃなく、五十嵐をなめたんですけどね。

そんな強くも何ともないサッカー部だが、女子からは結構人気がある。尚人と悟がいるからだ。二人とも顔がいい。尚人は顔がいいうえに性格がいいし、悟は顔がいいうえにサッカーがうまい。今では、その二人に修介を加えて、サッカー部イケメンスリーと呼ばれたりもする。

ただ、修介は二人とはちょっとちがう。顔がいいうえにのその、うえに、がない。むしろ、黙ってればカッコいいのに、と言われてしまうタイプだ。

敬吾にもそのあたりをよくいじられてる。お前、顔のパーツから口とっちゃえばいいんじゃね、だの、お前、点はとらないくせに顔だけはクリスティアーノ・ロナウドなのな、だのと。修介は修介で言い返す。敬吾さんだって、ちっとも走らないサイドバックなのに顔だけは長友じゃないですか。長友のくせにスタミナなさすぎですよ。

先輩と後輩でそんなふうに話せるのだから、風通しはいいのだと思う。どこにでもある学校カーストがこのみつば高にないとは言わないが、ことサッカー部に関しては、ほぼないと言える。というか、言いたい。

基本、部員同士は下の名前で呼び合う。先輩は後輩を呼び捨て、後輩は先輩をさん付け。ただしプレー中のさん付けは不要。何となくそんな感じになってる。

例外的にあだ名で呼ばれる者は二人。キングとゴン。三年のゴールキーパー和元と、二年の守備的ミッドフィルダー雅史だ。

キングはもともと三浦カズからきたカズだったが、途中からキングになった。本家がそうなんだから合わせるべきだろう、ということで。

雅史は初めからゴンだ。ゴン中山と漢字まで同じ雅史で部にはすでにカズがいるんだから当然ゴンだろう、ということで。

参考までに言うと、こちらのゴンは本家とちがい、おしゃべりには長けてない。むしろ口数は少ない。万事に控えめで、試合中に出す声も小さい。似た者同士ということか、三年の右サイドバック節郎と仲がいい。

ついでに言うと、その節郎は、中間や期末などの定期考査において四連続一位を継続中という、サッカー部が誇る文武両道男だ。

二年の完全なレギュラーには、このゴンのほかに翼がいる。尚人とセンターバックのコンビを組む、一、二年のまとめ役だ。

部内には、来季のキャプテンをこの翼にしてキャプテン翼をつくろうという計画がある。キャプテン翼がディフェンダーでは様にならないので、フォワードかせめて攻撃的ミッドフィルダーにコンバートしようという計画まである。ふざけんな！　と五十嵐に一喝されて終わりだろうけど。

そんな各部員たちは、部室で着替えを終えた順にグラウンドに出る。それぞれに軽く体をほぐし、そばにいた誰かとショートパスの交換をしたりする。

部員が出そろうと、キャプテン尚人の指示で、五十嵐の登場を待たずに全体でのランニングが始まる。

初めは何人かがおしゃべりをしてるが、グラウンドを三周するあいだに口数は減っていき、最後には無言になって、足並みもそろう。とてもいい無言だ。気持ちは締まり、一人一人が高校生からサッカー選手へと変わる。そうやって、練習そのものが始まる。

メニューは、五十嵐と尚人が話し合ってつくる。五十嵐は尚人を信頼してるから、意見をそのまま採り入れることも多い。多いどころか、半分以上が尚人発信だ。尚人は受験勉強だけでなく、サッカーの勉強もしてる。いい指導者になりそうな匂いが、もう今からする。

　総体での初戦敗退を受けて、五十嵐は、この連休明けからさっそくチームの再編にとりかかった。

　四‐四‐二。ディフェンダーが四人にミッドフィルダーが四人にフォワードが二人。そのシステム自体は変わらなかったが、中盤、ミッドフィルダー四人の配置がそれまでのダイアモンド型からボックス型に変わった。

　わかりやすく言うと、ひし形が横長の長方形になった。前列に悟と貴臣が並ぶ。後列の二人、ダブルボランチは哲とゴン。悟と貴臣の攻撃力を活かすためにそうなった。フォワード二人との計四人でとりあえず攻める。そんなイメージだ。

　これは誰もが納得の交代劇だった。貴臣はずば抜けてうまかったから、その起用に異を唱える者はいなかった。

　結果的にレギュラーからはじき出された二年の房樹は、ポジションどころか8番の背番号まで貴臣に譲った。

　その気持ちはよくわかる。レギュラーがつける若い番号をつけてベンチに座ってるのは、実際、かなりツラいものなのだ。

　中学のときのぼくがそうだった。入学時からずっと在籍してる三年生だから、との顧問の過剰な配慮から、レギュラーでもないのにやはり8番をもらい、ずっとベンチに座ってた。途中入部でレギュラーになった背番号13の同じ三年にユニフォームを交換しようと持ちかけたこともあるが、拒否された。いや、拒否は言葉が悪い。遠慮された。

対戦相手は、温存されてるあの8番がいつ試合に出てくるのかと、さぞ不気味に思ったことだろう。あの8番は、秋から次の夏にかけて、ひたすら温存された。中三最後の試合、そのアディショナルタイムまできちんと温存され、ベンチで終了の笛を聞いた。

でも、まあ、房樹に関しては何も心配いらない。一時的とはいえ二年でレギュラーになれたのだから、今の三年が引退すればその座に返り咲くことはまちがいない。今回のチーム再編でレギュラーから外されたショックも、ほとんどないみたいだ。現に、ベンチへようこそ、とぼくが声をかけたら、お世話になります、と笑ってた。ほっとした。こちらは問題ない。

問題は、もう一つのほうだ。

貴臣がレギュラーになったのは、ある意味当然とも言える。総体の結果は関係ない。監督が五十嵐でなくても、貴臣をレギュラーにはしただろう。

でも五十嵐は、総体ブロック予選の二対五というその結果を見て、さらに動いた。フォワードの利実を、何と、ゴールキーパーにコンバートさせたのだ。

連休明け最初の練習で、五十嵐は利実にキーパーをやらせた。部を盛り上げるための余興というか、ちょっとした気分転換みたいなものだと誰もが思った。五十嵐自身もそのつもりだったかもしれない。でもそこで高い適応能力を示した利実を見て、驚いた。その驚きが、閃きへとつながったのだろう。五十嵐はその翌日にはもう、ぼくらに利実のコンバートを宣言した。

利実も断らなかった。あ、そうですか。じゃ、やってみます。五十嵐が打診した場に居合わせた哲によれば、利実の反応はその程度だったという。

二対五。五失点。確かに五点はとられ過ぎだ。バレーやバスケとちがって、サッカーの一点は大きい。〇対一で負けるのはごく普通のことだ。なのに五失点はない。貴臣の加入で攻撃陣は期待できるのだから、あとは守備陣。五十嵐が動いたのも無理はない。

利実は背が高く、身体能力も高い。ゆえにヘディングは強いが、スタートで出遅れた分、足技はもう一つというところがある。といっても、フォワードのレギュラーにはなってたわけだから、それはあくまでも悟や貴臣とくらべた場合の話であって、ぼくよりはずっとうまい。利き足でない左もそこそこつかえるし、頭でのリフティングもこなす。

そんな利実のゴールキーパーとしての才能は、コンバート後すぐに開花した。翌週の日曜に行われた県三部リーグの試合。キーパーとして初めてつかわれたその試合で、利実は見事に相手を完封したのだ。

まだ貴臣がうまく機能せず、フォワードのレギュラーになった修介もシュートを外しまくったので、勝ち試合にはならなかったが、負けなかった。本来なら負けてたところを、どうにか引き分けに持ちこんだ。敬吾の不用意なファウルでとられたPKを、利実は素早い反応で止めた。ほかにも、決定的なシュートを何本か防いだ。

結果、みつば高は、全九節中の第四節にして初めて勝点一を得た。どう見ても利実のおかげだった。そんなふうにして、たった一つしかないゴールキーパーのレギュラーポジションを、利実は実力で勝ちとった。

次の選手権予選で負けたら三年生は部を引退。それがわかっていながらのコンバート。にもかかわらず、利実は貪欲に、全力で練習に取り組んだ。やるべきことを見つけた、という感じさえあった。受験生なのに。

実際、利実の集中力はすごい。練習を見てるだけでそのことがわかる。やらされる練習じゃなく、やる練習。練習というか、まさにプレー。

一つ一つのそのプレーを、利実は決してムダにしない。失敗したら、その失敗を体が覚えてるうちに再びトライして成功に変える。変えるまでトライする。成功したらしたで、その成功をひたすら反復する。そうやって、体に覚えこませる。

勉強でもスポーツでもそう。たまに、周りがびっくりするくらい短期間で伸びる人がいる。コツをつかんであとはまっしぐら、ということなんだろうか。よくわからない。コツを、つかんだことがないから。

だからぼくはせめてコツをつかんだ人のそばにいて、そのつかみ方を研究する。利実を観察する。と言えば聞こえはいいが。五十嵐の指示に従い、利実のゴールキーパー練習に付き合う。

そういうことは、よくあるのだ。ミニゲームやフォーメーション練習のときのぼくは、便利屋としてフォワードをやったりディフェンダーをやったりする。ゴールキーパーが個別に練習してる場合は、攻撃陣の練習相手として臨時のキーパーをやったりもする。またそれが結構楽しかったりもするのだ。妥協してるだけなのかもしれないけど。

今日も、グラウンドの隅、野球やサッカーのボールが敷地外に飛び出さないよう高く張られた緑色のネットの前に立つ利実に向けて、ぼくは何本もシュートを打つ。利実はそのボールをキャッチしたりパンチングしたりする。

サッカーゴールをつかえるときはつかうが、つかえないときは隅のこの場所でやる。七メートル三十二センチ。ゴールの幅を示すべく、スパイクのかかとで地面に印をつけ、ワクを常に意識する。

そのほうが身になるだろ、と言って、利実は八メートルぐらいにあえて幅を広げたりする。ゴールがないほうがかえってやりやすいよ、などとおそろしく前向きなことを言ったりもする。ゴールがあると、ワクを外れたシュートは外れたと目に見えてはっきりわかるから、自分で無意識に限界を設けてしまうのだそうだ。前向きにもほどがあるよ、と言いたくなる。

でもそんな利実との練習は楽しい。ぼく自身は大してキツくないのに、一緒に鍛えられてる感じがする。

　ゴールキーパーはそうした個別練習が多いので、休憩も、フィールドプレーヤーたちとは別にとる。

　右へ左へ跳んでクタクタになってる利実と、キツくないはずなのに同じくクタクタになってるぼく。二人で緑のネットに寄りかかって座った。地面が近くなる。土の匂いがする。その土に両手をペタンとつき、ひんやりした感触を楽しむ。

　休むのだなと見極めたマネージャーの真乃が、すぐに給水ボトルを持ってきてくれた。

「はい。おつかれ」とそのボトルを渡される。

「おぉ。サンキュ」と利実が言い、

「あぁ。たすかった」とぼくが言う。

「さすが真乃。よくぞ気づいてくれました」

「姉さんは、二つじゃなく、三つ四つ、目があるよね。でなきゃ気づけない」

「人をバケモノみたいに言わないでよ」と真乃。

「ほめたんだよな」と利実。

「そう。いいバケモノだって」とぼく。

　真乃はわざとぼくの足を踏み、「あ、ごめんなさい」とふざけて言って、去っていく。

こちらはスパイクで、あちらはスニーカー。踏まれたところでちっとも痛くない。

真乃が遠ざかるのを待って、利実が言う。

「いつも絶妙だよな」

「ん？」

「水を持ってきてくれるタイミング」

「あぁ。ほんと、さすが姉さんだよね。桃子や未来(みらい)とはキャリアがちがう」

姉さん。後輩たちから、真乃はそう呼ばれてる。真乃姉さんか、姉さん。三年も、ふざけてそう呼ぶことがある。ぼくは常にそう呼ぶ。

水道水のはずなのに臭みがなくてうまい水。その水を飲みながら、利実と話す。

「それにしてもさ、利実はあっという間にうまくなるよね。寝てるあいだに勝手に育つ子どもみたいだ」

「寝てないだろ。練習してるよ、こんなに」

「そうだけど。でもそんなに簡単にうまくなられたら、補欠のおれの立場がないよ」

利実は控えめに笑い、ボトルの水をゴクゴク飲んで、言う。

「おれさ、何かいつも選択をまちがえるんだよな。中学ではまず野球を選んだし、高校でもフォワードを選んだ。充分考えたつもりだけど、あとになって振り返ると、やっぱよく考えてないんだ」

「でもスパッと切り換えられるとこがすごいよ。中学のときも、そうだったんでしょ?」

「あのときは、部に酒井もいたしな。あいつは特別だよ。おれより背は低かったけど、もうすでに百三十キロ近い球を投げてた。そこに一つ変化球が加わったら、中学生は打てないよ」

「利実もピッチャー志望だったわけ?」

「ではない。隣の小学校からすごいピッチャーが来ると知ってたんで、初めから内野手志望にした」

「レギュラーだったの?」

「一応。といっても、三年が抜けてからだけどな」

三年でもなおレギュラーじゃないぼくとしゃべってることに気づいたせいか、利実は一瞬、しまったという顔をした。あわてて話を続ける。利実がじゃなく、ぼくが。

「ずっと野球部にいようとは、思わなかったんだ?」

「思わないこともなかったかな。ただ、サッカーも結構楽しいな、とも思ったし。サッカー部の顧問に、ウチに来いみたいなことも言われたから。じゃ、行くかと」

「そこでも、じゃ、行くか、なんだね。何よりもそれがすごいよ。野球部でレギュラーじゃなかったっていうならまだわかるけど。行った先のサッカー部ではレギュラーになれないってことも、あり得たわけじゃん」

「でも、ほら、教師に言われたら、結局、断れないだろ。野球部の顧問も、せっかく請われたんだから行けって言うし」

「言ったんだ？　行けって」

「ああ。おれの立場を考えて、野球部全員の前で言ってくれたよ。野球部からサッカー部への、必要とされての移籍だからって」利実はもう一度水をゴクゴク飲んで、ボトルをわきに置く。「ただ、今回はなぁ」

「ん？」

「キングにはちょっと悪いって気が、するよな」

「それはしかたないでしょ。五十嵐からの要請でもあるんだし」

「まあなぁ」

「五十嵐も、その辺ははっきりさせたじゃん。自分が利実にやらせるんだって」

そのことは、たぶん、キング自身もわかってる。いや、まちがいなくわかってる。でも昨日から、キングは練習に来てない。今日も来てない。予備校の授業があるからではない。休むとの断りもない。

だから今、攻撃陣のシュート練習の相手は、二年のゴールキーパー達成がしてる。本当はその達成が利実の相手を務めればいいのだが、二年と三年、しかもキーパーとしては利実のほうが新人ということで、五十嵐はぼくを指名したのだ。三年同士、気心も知れてるだろ、と。

おとといの県三部リーグの試合。そのベンチでぼくの隣に座ったキングがぽつりと洩らした言葉。それが今も耳に残ってる。

五点とられたのは、おれだけのせいなのかよ。

キングはぼくに向けてそう言ったわけじゃなかったが、耳が拾ってしまったので、ぼくはキングに言った。

誰もそんなこと思ってないよ。

みんなは思ってなくても、五十嵐は思ってんだろ。

思ってないと、思うけど。

そうとしか言いようがなかった。キングの気持ちはわかる。キングの立場なら、ぼくもそう感じるだろう。でもゴールキーパーとしての利実の力を知ってしまったからには、五十嵐の判断がまちがってたとも思えない。

ただし。二年からレギュラーを張ってきたキングのプライドを傷つけてまでやるべきコンバートだったのかどうか。ぼくらレベルのチームでやるべきコンバートだったのかどうか。それは何とも言えない。

キングは最後にこう言った。これははっきりとぼくに。

レギュラーでもないのに何がキングだよ。よしてくれって感じだよ。

レギュラーから外されたキングは、もとからレギュラーじゃないぼくなんかよりもずっとツラいだろう。レギュラーになれないより、レギュラーでなくなるほうがキツいに決まってる。ぼくはレギュラーの味を知らないが、キングは知ってるのだ。その分、かかる負荷も大きい。

で、これは今日の練習前に真乃から聞いたことだけど。

あの試合のあと、キングは初めから着もしなかった背番号1のゴールキーパー用ユニフォームを手渡したそうだ。利実にじゃなく、五十嵐に。

ほかのを用意するからと五十嵐が言うと、いりませんと返事をしたらしい。1以外のユニフォームはいらないということなのか、ユニフォームそのものがいらないということなのか、そこまではわからない。ただ、練習に来なくなった現状を見れば、あとのほうかもという気はしてしまう。

どの学校でもどの部でも同じだろうが、みつば高サッカー部にも、毎年何人かはやめていく者たちがいる。練習についていけなくてすぐにやめてしまう一年生を除けば、みんな、レギュラーになれそうもないと判断した時点で、もういいや、となるみたいだ。

例えばぼくと同学年の堅(けん)もそうだった。去年、三年の先輩たちが引退したあとの新チームで、ぼく同様、堅はレギュラーになれなかった。五十嵐は、堅が狙ってたボランチのポジションに、当時一年で今は二年のゴンを起用した。その五十嵐の選択自体に不満はなかったようだが、堅はあっさり部をやめた。レギュラーになれなかったらそうしようと、初めから決めてたみたいだった。

堅は今、帰宅部。ほかの運動部にも文化部にも、所属してはいない。廊下で会えば、おう、と言い合うし、二、三、言葉を交わしたりもする。でも同じサッカー部員であったときの気安さはなくなったように感じる。たぶん、堅も同じだろう。どちらに原因があるということじゃなく、どうしてもそうなってしまうのだ。元部員と部員は。

その堅が去ったことにより、ぼくはサッカー部でただ一人の、レギュラーじゃない先輩、になった。年度が替わり、学年が上がっても、レギュラーじゃない三年はぼく一人だったが、ここへきて、それが二人になった。

二年の房樹には冗談混じりにそう言った。でもさすがにキングに、ベンチへようこそ、とは言えない。

三日に一度は、部の練習が終わると駅前の大型スーパーに行く。今日は行かない日だ。

晩ご飯は、冷蔵庫にある食材を適当にぶち込んだ焼きうどんにするつもりでいる。

こないだ試しにつくって結構いけたソース焼きうどん。でなきゃ、カレー粉をまぶしてカレー焼きうどんにしてみるか。

カレーはいい。何せ失敗がない。炒めた野菜にカレー粉をまぶしても、焼いた豚肉にカレー粉をまぶしても、うまくいく。いや、うまくいってはいないのかもしれないが、大失敗にはならない。口に合わないだろうから、伯母さんに食べさせたりはしないけど。

校門から出てすぐの交差点で、四丁目にできた三十階建てマンション、ムーンタワーみつばを下から上へと眺めながら、歩行者用信号が青になるのを待つ。

背後から女子に声をかけられた。

「大地」

もしかしてまたキューピッド？　と思いつつ、振り向く。

三年のマネージャー真乃がこちらへとやってくる。

真乃ならキューピッドってことはなさそうだ、と安心した。安心したうえで、ちょっとあせった。

「何？」

「何でもない。一緒に帰ろ」

「え？」初めてのことに動揺し、こう言ってしまう。「一緒に帰るっていうほど、距離ないけど」

「あるじゃない。徒歩二十分は、充分一緒に帰る距離だよ」

ぼくも同様、この新沢真乃もみつば南団地に住んでる。しかも同じD棟に。とはいえ、利用する階段はちがう。一つ隣だ。小六のときは同じクラスだったが、中学で同じクラスになったことはない。ただ近くに住んでるだけ。幼なじみでも何でもない。

中学で真乃はバレーボール部にいた。たぶん、レギュラーだった。体育館での他校との試合に出ているのを見たことがある。やわらかな身のこなしで、相手のスパイクを拾いまくってた。

真乃もみつば高に進むのだと知ったときは驚いた。マネージャーとしてサッカー部に入ってきたときは、もっと驚いた。はっきり言えば、ヤバい、と思った。中学でレギュラーじゃなかったことがバレる、と。

そんなことは、しょっちゅうある。自分では気にしてないつもりでも、レギュラーじゃないという意識は、あちこちでひょいと顔を出すものなのだ。

例えば誰かとしゃべってて、部活の話になる。いつそこを突かれるかとビクビクする。レギュラーじゃないことを受け入れてるつもりでも、不意にこられるとドキッとする。レギュラーの人たちにはわからない感覚だろう。頭ではわかってても、そのビクビクや実際に突かれたときのヒリヒリを膚で感じたことはないはずだ。

中学でもレギュラーじゃなかったぼくは、女子たちに試合を観に来られるのがものすごくいやだった。女子たちというのは、時に気まぐれを起こして試合を観に来るのだ。そうすれば男子たちが喜ぶことを知ってるから。

そんな女子たちにベンチに座る自分を見られることが、ぼくは本当にいやだった。遠くから試合を観てる彼女らに伝わるはずもないのに、いつも決まって、いやぁ、今日はたまたまベンチだよ、というような演技をした。ひざかどこかが痛むようなふりもした。で、そんな自分のこともいやになった。自己嫌悪のスパイラルだ。

だから、みつば高のサッカー部で真乃と一緒になったときも、うわ、マジで？　と思った。ぼくが中学でレギュラーじゃなかったことくらいは真乃も知ってるだろう。中学でレギュラーになれなかった選手が高校でレギュラーになれるわけないよ。そう思われてしまうのをおそれた。周りにそう言われてしまうのも、おそれた。

そんなのは考えすぎだとわかってた。その前にまず、真乃がぼくなんかに興味を抱いてないこともわかってた。なのにそこまで考えさせてしまうから厄介なのだ、この劣等意識というやつは。

ただ。中学ではほとんどしゃべったこともなかったのに、部で初めて顔を合わせたときに真乃は言った。あ、高校でもやるんだ？　サッカー。

うまくもないのにやるんだ？　というニュアンスじゃなかった。

だからだろう。うん、と素直に言えた。どうせレギュラーにはなれないけどね、と。そう卑屈な感じにでもなく。

そんなのわからないじゃん、と言われた。

わかってるけど、まあ、わからないか。というようなことを、ぼくは言ったと思う。何か気持ちがほぐれた。初めて、それまでは知らなかった女子パワーみたいなものを知らされた感じがした。

そんなマネージャーの真乃と並んで歩道を往く。整然と区画された住宅地の狭い歩道だ。並んで歩いてるだけで、お互いの手が触れそうになる。

ぼくも思ってはいたが口にはすまいと決めてたことを、真乃はあっさり口にする。

「同じ中学卒で同じ高校で同じ部で同じ団地に住んでるのに初めて一緒に帰るのが三年の五月。それって、すごくない？」

「そうでもないでしょ。だって、ほら、一緒に帰る理由がないわけだから」

「同じ団地に住んでるっていうのは、これ以上ないくらいの大きな理由だよ。学校と家、スタート地点もゴール地点も同じってことなんだから」

「まあ、そうだけど」

試合の遠征でよその学校に行ったあとにみつば駅から一緒に帰るというならまだわかる。そこでは一緒に帰らないほうが不自然というものだから。でも普段の学校帰りでのそれはない。学校帰りは、あまりにも日常すぎるのだ。そこで一緒に帰ってしまったら、いつも一緒に帰るべき、という空気になってしまう。それがいやだというわけではないが、何というか、いろいろと大変になってしまう。緊張やら気疲れやらで、ぼくはへとへとになってしまう。

これが敬吾とか修介なら、うまい具合にサラッとやれるんだと思う。普段の日でも、真乃の姿を見かければ、一緒に帰ろ、と言えるのだ。で、あれこれおしゃべりをしながら歩き、そんじゃね〜、と別れられるのだ。

練習中のグラウンドでなら、ぼくもそれができる。さっき利実といたときみたいに冗談も言える。でも練習が終わってしまうとダメだ。グラウンドから一歩外に出てしまうと、もうダメだ。そこでも部員とマネージャーっぽくふるまうのもなぁ、になってしまう。何なんだろう、それ。

毎年夏が近づくと、真乃はただでさえ短い髪をさらに短くする。今年も早々とそうしてる。で、それがよく似合ってる。ショートもショート。後ろなんて刈り上げに近い。ボーイッシュというより、ボーイそのものだ。

軽〜い感じで、髪切ったんだね、くらいのことは言ってみようかと思ったが、タイミングを計ってるうちに先を越された。

「ねぇ、ちょっと寄道していこ」

「え？」

「寄道。ほら、そこの公園」

初めてのダブル。一緒に帰るのが初めてなら、寄道するのも初めて。女子からの、寄道の誘い。意外だ。

その公園に、ぼくらは入っていく。みつば第二公園。ブランコにすべり台、それに三つのベンチがあるだけの、こぢんまりした公園だ。子どもが遊ぶためというよりは、大人が休むためにあるような公園。実際、郵便屋さんがバイクを駐めてベンチで休んでるのをたまに見かける。でも今は誰もいない。

てっきりそのベンチに座るのかと思ったら、真乃はまっすぐブランコに向かった。当たり前のようにその一つに座るので、ぼくも隣のもう一つに座る。まあ、ベンチに並んで座るよりはいい。ベンチだと、二人のあいだにどれだけ距離をとるかを自分で決めなきゃいけない。

「いやだな、と思ったでしょ」と真乃がいきなり言う。「部員の誰かに見られたらマズいなって」

「そんなことないよ。近くに住んでる部員もいないし」

「見たところで、わたしと大地でデートだなんて誰も思わないよ。同じ団地に住んでることをみんな知ってるんだから。よく言われるもん。なのに何で一緒に帰らないの？　って」

ぼくもよく言われる。同じとこに住んでんだから姉さんを送ってやれよ、とか、朝も一緒に来いよ、とか。それにはいつもこう応える。いやぁ、姉さんがいやでしょ。朝は時間がないよ。

　真乃や桃子を見てると、マネージャーなんてよくやってられるよなぁ、と思う。悪い意味じゃない。逆だ。いつも感心する。男子大勢のなかに、女子三人。でも大してちやほやされない。されるにしても、初めだけ。これは桃子ですらそうだった。ほとんどの男子は、女子と見てたマネージャーを、すぐにただのマネージャーと見るようになってしまう。汚れたユニフォームも、平気で洗濯に出すようになってしまう。

　仕事自体、楽じゃない。いやになってやめた子もいる。去年もいた。悟目当てで入ってきた感じの、望美（のぞみ）という子だ。一ヵ月ともたなかった。その子がやめてすぐに入ってきたから、桃子も初めは悟狙いと思われたのだ。ちがったけど。

　真乃がブランコをゆっくりこぐ。揺れるたびに、鎖（くさり）だかどこだかがキィキィいう。マズい。ドラマの青春モノみたいだ。ぼくがいるべき場所じゃない。こんなところには、キャプテンの尚人やエースの悟がいなきゃいけない。その二人でないなら、せめて、場を盛り上げられそうな敬吾や修介がいなきゃいけない。

「あぁ。このブランコ、久しぶり。昔はよく乗ったのに。大地はどう？　乗った？」

「いや。だって、ほら、おれが南団地に移ったのは、中一の途中だから」

「中一でも、ブランコには乗るでしょ」

「乗る？」

「乗るよ」

だとすれば、それは異性ともわりと広く付き合いがあった真乃だからだろう。同性同士では、あまりブランコに乗らないような気がする。女子同士は知らないが、男子同士は乗らない。乗るにしても、こんなふうには乗らない。乗るならスポーツのように乗る。こぎまくる。

「大地、受験勉強してる？」と真乃が言う。ブランコをこいでるので、声が前後を行き来する。

「してるとは、言えないかな」

「どこ受けんの？　大学」

「まだ決めてないよ」

「学部は？」

「それもまだ」

「私立文系、だよね？」

「うーん。国立に行ければ、行きたいけどね」

前々から漠然と考えてたことを、初めて人に話した。その相手が、まさか真乃になるとは。

「学費、安いもんね。国立だと。わたしも国立にしようかなぁ。お父さんが単身赴任してるから、ウチ、あんまりお金なさそうだし」

「そうなの？」

「そう。ないよ、お金」

「あ、いや、そっちじゃなく、単身赴任のほう」

「あぁ。今、鳥取に行ってる。太陽電池をつくってる会社で、工場はそこなの。一応、寮とかもあるんだけど、やっぱり離れて暮らすといろいろ余計にお金がかかるみたい。これでまた一戸建てが遠のいたって、お母さん、こぼしてた。まだしばらくはこの団地かぁって。言いながら、いつも不動産のチラシとか見てる」

「お父さんは、よく帰ってくるの？」

「よくは帰ってこない。お盆とお正月だけ。でもよかったよ、単身赴任することになって。それまではお父さんとお母さん、ケンカばっかりで、ウチ、結構あぶなかったから。今のほうがずっと仲いいもん。たまにしか会えないっていうのがむしろよかったみたい。電話とかメールをよくしてる」

　たまにしか会えないというのは、言い換えれば、たまには会えるということだ。会おうと思えば会える、ということでもある。もう会えない、と、会おうと思えば会える。その二つのちがいは大きい。

「もう離婚してほしくないよ、お母さんには」

「もう？」

「ウチのお母さん、再婚なの」

「あぁ。そうなの。えーと、いつしたの？　再婚」

「わたしが三歳のとき。だから、血がつながってはいないけど、お父さんみたいなもん。名字は二度変わったけど、三歳からはもう新沢だから、わたしのなかでは初めから新沢」

「前のお父さんと、会ったりもしないんだ？」

「しないよ。ほとんど覚えてないし、会いたいとも思わない」

何となく自分もブランコをこぎたくなるが、こがない。二人してこいだらますます青春モノになってしまうから、ではない。こぐと酔うからだ。

昔からそうだった。五分もこいでると、ぼくはまちがいなく酔う。海で浮輪に尻を沈めてプカプカ浮いてるだけで酔うくらいだから。母と二人暮らしで、家には車がなかった。伯母さんとの二人暮らしになった今もない。つまり慣れてない。だから酔うのかもしれない。

小学生のころのバス遠足では、ビニール袋に紙袋を重ねたいわゆるゲロパックの用意が欠かせなかった。あれはお守りみたいなものだ。あれば安心するから、用意だけは毎回した。これまたお守り代わりで、酔い止めの薬も毎回飲んだ。

酔うんじゃないかなぁって自分で考えちゃうからダメなの。考えないよう、お友だちとずっとおしゃべりをしてればいいのよ。

母のその言葉を信じて、バスの席が隣になった子とは、もうひたすらおしゃべりをした。それが女子でもだ。遠足で妙なハイテンションになったメーワク男子。そう疎(うと)まれてたかもしれない。でもその子の前でゲロパックをつかうよりはいい。

高三にもなって、ブランコで酔いたくない。とはいえ、こぎたいことはこぎたい。そこで、立ちこぎした。

「何、急に」と真乃に言われる。

「いや、久しぶりにと思って」

不思議だが、立ちこぎで酔った記憶はない。座ってこぐより危険なので気が張るからだろうか。単に姿勢のせいだろうか。

何にせよ、ブランコの立ちこぎなんて、それこそ小学生のとき以来だ。久々にやってみて、自分の体があのころよりずっと重くなってるのを感じる。勢いをつけすぎると振り落とされそうで、ちょっとこわい。

「五十嵐も高校でサッカーをやってたじゃん」とぼくは真乃に言う。「大学、現役で受かったのかな。それとも、浪人したのかな」

「現役。第一志望は落ちて、第二志望に行ったんだって。監督はその二校しか受けなかったの。落ちたら浪人するつもりで」

　真乃は五十嵐のことを監督と呼ぶ。先生ではなく、監督。マネージャーだからそうだというわけじゃない。二年の桃子も一年の未来も先生と呼ぶ。真乃だけが、監督。

「その結果になって、かなり考えたらしいよ。浪人して第一志望を狙おうかどうしようか。でも結局は第二志望に行くことにしたの。その時期の一年をムダにしたくないと思ったんだって。浪人したら、教師になるのも一年遅れるから」

「そうか。じゃあ、初めから教師になるつもりだったんだ」

「もし一浪してたら、ウチの監督にはなってなかったかもね。巡り合わせが変わって」

「よく知ってるね。そこまで」

「話したから」

　さらにブランコをこぐ。ぼくは立って。真乃は座って。速度と揺れ幅が異なるから、すれちがう間隔が一定しない。ぼくは真乃の先を行ったり、あとを追ったりする。何かもどかしい。

　それでも、グラウンドで練習してるときみたいに体を動かしてるからか、初めにあったぎこちなさはなくなった。舌(した)もいくらか滑(なめ)らかになり、ぼくは敬吾や修介の軽さをまねて、こんなことを言ってみる。

「五十嵐は、みどり先生とあやしいって話じゃん。まあ、そんなの、ただの噂だろうけど」

みどり先生というのは、数学科の教師だ。五十嵐より少し下。今二十七歳とか、そのくらい。どちらかといえば、ぽっちゃり型。というか、ふっくら型。明るくて、よく笑う。数学教師っぽくないとの理由で生徒から好評を得る、珍しい数学教師だ。

「噂じゃないよ、それ」と真乃が言う。ちょうどぼくが真乃を追い抜き、少し前に出たときだ。

「何？」と思わず聞き返す。

聞こえなかったと思ったのか、真乃もはっきり言い直す。

「それは噂じゃない。事実。監督は、みどり先生と付き合ってる」

足の力を抜いて、ぼくはこぐのをやめる。徐々に速度が下がり、ブランコは惰性で揺れるだけになる。

「そんなことまで話したんだ？　五十嵐」

「話さざるを得なかったの。わたしが付き合ってくださいって言っちゃったから」

「え？」

「バカだよね、ほんと。教師と生徒で付き合えるはずないとわかってんのに言っちゃった。当然、監督は断るでしょ？　断る理由として、言わざるを得なかったの。みどり先生と付き合ってるって」

「それは、言わなくてもいいんじゃないかな。生徒に付き合ってくださいって言われたら、教師は、理由なんかなしで断ってもいいんじゃないの？」

「うーん。そう、なのかな」

真乃もこぐのをやめたので、ブランコはやはりただ揺れるだけになる。揺れ幅がぼくのそれと同じになる。

「いつから好きだったの？」と、突っこんだことをつい訊いてしまう。

「一年生の終わりぐらいかな。ほら、去年、監督が離婚したって聞いて、何ていうか、一気に。それもまたバカだよね。監督が離婚したからわたしがどうってことはないのに」

妥協したからなのか、しなかったからなのか。今年三十歳になる五十嵐は、もうすでに離婚してる。

そんな話は隠しておけないもので、去年、敬吾がどこからか聞きつけた。そして五十嵐に面と向かって訊いた。先生、バツイチになったって、ほんとですか？

五十嵐はさすがに驚いたが、正直に答えた。ほんとだよ。お前らのくだらん噂話にされちゃかなわないから、いずれ言おうと思ってた。残念。先を越されたか。

「何も言わないで卒業しようとか、夏に部を引退してから言おうとか、いろいろ考えたの。でも最後には、そんなふうに考えること自体がいやになって。それで、言っちゃった。で、見事に断られた。でも断られて、ちょっとすっきりしたかな。もし受け入れられてたら、そのときはそのときで、え、いいの？　って思ってたような気もするし」

「受け入れちゃう先生も、なかにはいるんだろうね。で、それがバレて、ハレンチ教師とか言われる」

「たまに聞くもんね、そういうの」

「でも五十嵐はそうじゃなかった」

「わたしに興味がなかっただけじゃないかな」

「ちがうと思うよ」

真乃が少し驚いたような顔でぼくを見る。

ブランコはすでに止まってる。真乃のも。ぼくのも。

文字どおりの上から目線になってしまうので、ぼくはストンと地面に下り、ブランコに座る。

「やっぱりさ、みどり先生とのことを明かす必要はなかったわけじゃん。本当にそれが理由だったんだと思うよ。みどり先生と付き合ってるから、姉さんとは付き合えない。五十嵐は姉さんのことを軽く扱いたくなかったから、そうやってきちんと説明したんじゃないかな。告白されて、うれしかったから」

「てことは」真乃は視線を地面に向けて考える。結構長く考えて、視線をぼくに戻す。

「やっぱりハレンチ教師ってこと？」

「いや、そうじゃないよ」とあわてて説明する。「今の理屈だとそうなっちゃうけど。でもそういうんじゃなくて。重要なのは、ほら、筋を通そうとしたことのほうで」

真乃をかばうのと五十嵐をかばうのとがごっちゃになる。結果、ぼくはしどろもどろになる。

「冗談だよ」と真乃が笑う。「本物のハレンチ教師なら、みどり先生と付き合ってることを隠して、わたしとも付き合うでしょ。ピチピチの女子高生と付き合えるせっかくの機会を、みすみす逃したりはしないでしょ」

「あぁ。そうかも」

「わたしさ、このことを初めて人に言ったよ。その相手が大地になるとは思わなかった。女子ですらないとはね」

「おれは、無難な話し相手なんだよ。関係者ではないし、それでいて、姉さんのことも五十嵐のことも知ってるから」

「そんなことない。思いっきり関係者だよ。だって、部の仲間でしょ」

「でも、ほら、おれに話したところで、影響とかなさそうじゃん。こんなことは、もちろん、おれだって誰にも話さないし」

「そういうこと言わないでよ」

「そうじゃなくて。自分で影響がないとか言わないでってこと。こんな大事なことなんだから、わたし、言う相手はきちんと選んでるよ。中学のころから、もっと話しとけばよかった。監督に付き合ってくださいって言う前に、大地に話してみればよかったよ」

そうなのだ。そういうのをすべてひっくるめて、ぼくは無難な話し相手なのだ。

「大地の伯母さん」といきなり話がかわる。

「ん？」

「何かカッコいいよね」

「知ってんの？」

「会えばあいさつするよ」

「そうなんだ。ごめん。おれは、姉さんのお母さんを知らない」

「それが普通でしょ。ウチのお母さんはね、どこにでもいそうなパートのおばちゃんだよ。実際、駅前のスーパーのお茶屋さんでパートしてる。大地の伯母さんみたいにきりっとしてない。もうだいぶ、ゆるっとしてる。わたしもいずれこんなふうに太っちゃうのかなぁって心配になるもん。四十代でウエストがゴムのパンツとか穿(は)きたくないよ。大地の伯母さんは、そんなことないでしょ？」

「ない、のかな。ウエストがゴムかどうかは、気にしてないからわかんないけど。でも、おばさんはおばさんだよ」

おばちゃん、とは言わない。やはりそんな感じではないし、おばちゃんと言われたら伯母さんもいやだろう。

「仕事とか、できそうだよね」

「できそう、だね」

「結婚とかしないの？　というか、してたことないの？　監督みたいに」

「ないよ。ずっと独身」

「なのに、大地のお母さん代わりなんだ」

「そう」

「って、ごめん」

「何が？」

「お母さんのこととか、言われたくないよね」

「いいよ、別に」

「わたし、大地の伯母さんは知ってるけど、お母さんは知らない」

「小六のときに、もう入院しちゃってたからね。南団地に引っ越したのは、亡くなってからだし」

「顔も知らないのに言っちゃうけど、大地のお母さんて、優しそうだよね」

「何で？」

「大地を見てればわかるよ。大地のお母さんが優しくないわけないよなって思う」

ずいぶんと買いかぶられてる。母がじゃなくて、ぼくが。母は確かに優しかったけど、ぼくはそう優しくもない。来年が七回忌なんだから今年の命日は行かなくていい、なんて思っちゃうのがその証拠だ。

「とにかくありがとね。こうやって大地と話せてよかった」

「おれもだよ。おれも、姉さんと話せてよかった」

いつの間にか、空は暗くなってる。でも公園は明るい。

園内灯のおかげかもしれない。真乃のおかげかもしれない。

屋内霊園、というところにぼくの母はいる。

別の言い方をするなら、納骨堂。お墓の代わりに遺骨を保管する場所だ。一時的に預かるだけじゃなく、永代供養(えいたいくよう)もしてくれるらしい。

その施設は、蜜葉(みつば)市の隣の隣の市にある。その市の、マンションなどの住居と中小のオフィスビルが混在する地区にだ。それが売りなのだから、当然、駅からも近い。歩いて七分とか八分とか、そのくらい。

三階建て、白くきれいな外観で、一見、何をするところかわからない。役所のようにも見えるし、病院のようにも見える。図書館のようにも見えるし、IT企業のようにも見える。で、その手の施設だと聞かされて、あぁ、なるほど、と納得する。そんな具合。来訪者のためにも近隣住民のためにも、暗い雰囲気を出さないようにしてるのだろう。

伯母さんとぼく。二人で、ロッカーみたいな納骨壇に置かれた位牌や遺骨の前に立つ。

伯母さんはダークグレーのパンツスーツ、ぼくは学校の制服だ。

まずは伯母さんが進み出て、母に手を合わせる。

宗教的な装飾はまったくと言っていいほど施されてない、それでいて殺風景でもない、シンプルな部屋。壁、床、天井、イス。全体的に白い。その白が濃すぎない。うっすらと、白い。

屋外にある一般的なお墓を訪れた経験はほとんどないが、それでも、ここはお墓っぽくないと感じる。と同時に、伯母さんらしい選択だとも感じる。こうやって、気軽にいつでもお参りに来られる。管理の手間もいらない。合理的だ。もちろん、いい意味で。

母が亡くなると、伯母さんはすぐにこの施設と契約した。もう長くはないとわかった段階で、目星はつけてたのだと思う。そうしてくれてたすかった。中一のぼくに何ができたはずもないから。

そう。中一。

母、宮島育子が亡くなったのは、ぼくが中一のときだ。だから、来年が七回忌になる。

死因は、がん。子宮頸がんだ。そのがんが見つかってからおよそ一年後に亡くなった。ぼくが小六のときに見つかり、中一のときに亡くなったわけだ。

小学校の卒業式にはどうにか母が来て、中学校の入学式には伯母さんが来た。その二週間で、母は限界を迎えてしまったのだ。卒業式のときだって、医師の許可を得てたとはいえ、相当無理をしてたと思う。

その長く短い一年が過ぎて母が亡くなると、ぼくは当たり前のように伯母さんに引きとられた。生前の母には一度だけ、姉さんの言うことをよく聞いてね、と言われた。母は口を開くのもやっとという状態だった。お母さんがいなくなったらとか、そんな言葉は出なかった。でも意味は伝わった。ぶわっと涙が出た。うん、としか言えなかった。

伯母さんは東京都江東区の南砂町にあるマンションに一人で住んでたが、それを機に蜜葉市に移ることを決めた。中学に上がったぼくがすぐに転校しなくてすむよう、配慮してくれたのだ。

母とぼくが住んでた二間のアパートは引き払い、うまい具合に四〇四号室が空いてたみつば南団地のD棟に入居した。もう不幸には見舞われたんだから今さら縁起が悪いも何もないわよ、と伯母さんが言って。

母が離婚したことで、五歳のときにぼくの名字は平野から宮島に変わった。伯母さんは独身なので、そのときは宮島のままでいることができた。真乃みたいに三つめの名字をもらうことはなかった。

　離婚してから亡くなるまで、母は父からぼくの養育費を一切受けとらなかったらしい。伯母さんによれば、初めから受けとらないことを選択したのだそうだ。養育費を父に払わせない、その代わりぼくに会わせない、という選択を。

　ぼくが五歳になってたこともあり、母は離婚するとすぐに働きに出た。とはいえ、そこで伯母さんのような安定した職に就けるはずもなく、クリーニング屋の受付の仕事と居酒屋の店員の仕事をかけ持ちしたりした。

　大変そうではあったが、楽しそうでもあった。今になれば、そう見せてただけなのだろうと思う。でもまだ幼かったぼくは、何も考えずにただ母の笑顔だけを見て、この人は楽しいのだと信じこんだ。おかげで母子家庭の引け目を感じることはなかったし、父の不在をそう意識することもなかった。

　いろいろなことを感じ、意識するようになったのは、むしろ伯母さんと二人で暮らすようになってからだ。それが中一のときだったというのも、また大きかったのだろう。中一。それまではなかった感情が芽生え、自分の立ち位置を考えるようにもなる時期。

　伯母さんは母代わりだが、中一のときからなので、育ての親という感じでもない。なら何なのかと言うと、やはり伯母さんだ。一緒に住む、伯母さん。二人で住むのだとわかったとき、伯母さんをどう呼べばいいのかと、中一なりに考えた。よくドラマなんかでそういうのがある。新しい母親を受け入れるとか受け入れないとか。お母さんと呼べるとか呼べないとか。

伯母さんは、みつば南団地で正式に同居を始める前に、自分から言った。

別にお母さんなんて呼ばなくていいわよ。そう呼ばれたくないってことではないけど、大地のお母さんは育子だからね、無理にわたしをそう呼ぶ必要はない。

というわけで、伯母さんは伯母さんのままになった。正直なところ、そう言ってくれてたすかった。

でもそのあたりは、例えばぼくがグレてもおかしくない、というか、もしグレるならそこでグレるべきポイント、であったような気もする。グレなかったけど。

伯母さんの帰りは毎晩遅かったため、晩ご飯の用意は自分でした。コンビニで弁当を買ってきたり、大型スーパーで夕方以降は割引になる弁当を買ってきたり。ご飯だけは自分で炊くようになったり、じきみそ汁もつくるようになったり。

今では、キャベツを刻んだり肉を焼いたりというくらいのことはする。あとは、冷蔵庫の残りものをぶち込んでごた混ぜ焼きそばをつくったり、冬はごた混ぜ鍋焼きうどんをつくったり。中学のころは、五、六時間目の授業あたりから今日の晩ご飯はどうしようかと考えたが、すっかり慣れた今は、部活を終えての帰宅時から考えても充分対応できる。

休日は、伯母さんが料理をする。見よう見まねで、ロールキャベツだの冷製スープだの、凝ったものをつくったりする。包み隠さずに言うと、失敗したりもする。

伯母さんの気が乗らないときは、外食に出る。割合は、気が乗るが三に対して、気が乗らないが一。結果、週に一度は外食する。土日の昼と晩のどこかで。

伯母さん自身は、揚げものや肉をほとんど口にしない。ぼくにまでそうさせたりはしないが、自分ではまず食べない。そんなふうに節制してるからか、四十八歳の今も、ちっとも太ってない。おばさんではあるものの、おばちゃんではない。ウエストがゴムのパンツも、たぶん必要ない。

太ってると、もうそれだけで仕事ができないように見られちゃうのよ。特に女は。

伯母さんが前にぽろりとそう洩らしたことがある。人の見方なんて、そんなものなのだろう。例えば真乃が丸々と太ってたら。実際にはどうであれ、今ほど敏腕マネージャーとは見られないかもしれない。

江東区から蜜葉市に移ったせいで、伯母さんは、仕事がある日は毎朝五時に起き、六時すぎに家を出る。帰ってくるのは、早くて夜の九時。遅ければ十一時。場合によっては、日またぎにもなる。

平日はせいぜい一時間程度しか顔を合わせないので、伯母さんとの生活は、窮屈(きゅうくつ)でも何でもない。が、それでも慣れるのには時間がかかった。初めはフロの脱衣スペースで裸になるのも抵抗があったし、自分のと一緒に干された伯母さんの下着なんかが目に入るのもいやだった。ぼくが女子で伯母さんが伯父（おじ）さんならこれどころじゃないだろうな、と思った。

生活そのものはじきに落ちついたが、高校受験の際には、予想外のプレッシャーに見舞われた。絶対に公立に受かんなきゃ、というプレッシャーだ。

伯母さんに直接そう言われたことはない。第一志望に受かるといいね、とは言われたが、公立に受かってね、と言われたことは一度もない。ぼく自身が、勝手にがんじがらめになってしまったのだ。高校から私立なんかに行って、大学まで国立を出た伯母さんに余計な負担をかけるわけにはいかないぞ、と。

だから、中学の保護者面談の席で、ぼくは志望校のランクを一つ下げることを自ら伯母さんと担任に提案した。何で？　と伯母さんにも担任にも言われた。やっぱり西高（にし）に受かる自信はないし、みつば高なら近いから、と説明した。本当は、西高でも受かりそうな気がしたし、みつば高は近すぎていやだったけど。

念のために言っておくと。

今はみつば高に入ってよかったと思ってる。レギュラーじゃないとはいえ、サッカー部でどうにか居場所を見つけられたから。西高のサッカー部は最近強くなってきて、練習もキツいという話だし。

伯母さんが深く一礼し、こちらへと下がる。室内の薄い空気が、やっと少しだけ動く。

次いでぼくが納骨壇の前に出て、母に手を合わせる。せっかく来たんだから、長く合わせる。伯母さんがおよそ一分。だからぼくも一分。か、それ以上。

ここに来たら来たで、やはり厳かな気持ちになる。

来年が七回忌だから今年はいいんじゃないかと思ってしまったことを、まずは密かに謝る。ごめん。つい思っちゃっただけで、本気じゃないんだ。ほんとに。

そして、閉じたまぶたの裏で出来合いの闇に浸る。闇をより濃くしようと、目をさらにかたく閉じる。

母のことは、よく覚えてる。この先も、忘れたりしない。でもそれでいて、少しずつ母が遠のいていく感じもする。記憶が薄れてきてるということじゃない。記憶そのものはむしろ鮮明になってる。たぶん、ぼく自身が変わってるのだ。変わってる。よく言えば、育ってる。

母のことを考えると、どうしても、亡くなる直前の弱々しい姿を思い浮かべてしまう。まだはつらつとしてたころのことから考えはじめても、いつの間にかそこへ行き着いてしまう。

小六のとき、大地は中学に行ったら何部に入るの？　と訊かれた。サッカー部に入るよ、と答えた。特に決めてたわけじゃなかったが、何となくそう答えたのだ。サッカーは好きだったから。

その直後、母ががんに冒されてることが判明した。

母が入院すると、生活は揺れ動いた。ぼくが南砂町のマンションに行ったり、伯母さんがみつばのアパートに来たりした。小学校も、かなり休んだ。

そしてぼくは中学に上がり、サッカー部に入った。サッカー部じゃなくてもよかったが、母にそう言ってたので、入った。予想どおり、自分がヘタであることがわかった。レギュラーにはなれそうにないこともわかった。

それでも、レギュラーになって試合に出たと、ぼくは母にうそをついた。中学一年の一学期。母がまだ生きてて、がりがりにやせ細ってはいながらも、どうにか意識があったころだ。

大して運動神経がよくもない一年生のぼくが試合に出られるはずがないということに、母は気づいてたかもしれない。無理に笑顔をつくり、よかったねと言ってくれただけだから、気づいてたのかどうかわからない。運動神経がよくないからどうだとか、一年生だからどうだとか、そんなふうに筋道を立てて考える余裕は、もうなかったかもしれない。ぼくが何を報告しても、母はよかったねと言ってくれただろう。よくないことを、ぼくがわざわざ報告するはずもないのだし。

うそでも何でもいい。ぼくは自分を少しでも上の人間に見せたかった。宮島育子の息子はそこそこやれる子だと、宮島育子本人に示したかった。たとえそれが事実でなくても、そう思ってほしかった。結局、一年生どころか、三年生になっても、ぼくは試合に出られなかったけど。中三どころか、高三になっても、試合に出られてないけど。

部でもレギュラーじゃない。甥っ子と息子のあいだをさまよってるという点では、家庭でもレギュラーじゃない。なのに部ではレギュラーだとの母にもついたうそを、家庭では伯母さんにもついてる。残念ながら、それこそがぼくだ。

ぼくはヤラしい。エロい、とはちがう意味で、ヤラしい。

母についたうそは、母のためについたうそだと思える。それはそれでヤラしいが、そのヤラしさは許容できる。

伯母さんについてるうそは、伯母さんのためについたうそだとは思えない。そのうそは、ただヤラしい。エロい、に近い生臭さがある。明らかにぼくは、自分のためにうそをついた。そこでは少しも自分を上の人間に見せる必要はなかったのに、そうした。つまらないうそ。でも、いやなうそだ。

手を合わせた一分、かそれ以上の最後に、ぼくは母に報告する。

ごめん。本当に悪いけど、宮島育子の息子は、そこそこやれる子ではなさそうだよ。

どんなにがんばっても、お墓参りにそう時間はかからない。位牌や遺骨の前で一時間も手を合わせてはいられない。長居をしてもかまわないとは言われても、私的な空間じゃない場所で、故人と一対一にはなれない。

でもそれでいいのだと伯母さんは言う。むしろ私的な空間以外のところで育子を悼める そのこと自体が大事なのだと。

確かにそうかもしれない。やはり伯母さんは頭がいい。大局的にものを考えられる。

屋内霊園を出て、伯母さんと二人、駅まで歩く。少しずつ住居が減り、オフィスビルや飲食店が増えていく。

午後一時半、電車に乗る前に昼ご飯を食べることになった。

「大地、何食べたい？」

「何でもいいよ」

「何でもいいっていうのが一番困るのよね」と伯母さんは苦笑する。「何かあるでしょ。言いなさいよ、食べたいものぐらい」

伯母さんは細身で背が高い。こうして横に並ぶと、なおそう感じる。身長百七十二センチのぼくよりは少し低いが、ヒールが高いくつを履くと超えてしまう。だからその手のものはなるべく履かないようにしてる。ぼくのためにじゃなく、仕事の取引相手のおじさんたちのために。

伯母さんの背が高いのは、昔バレーボールをやってたからだ。中学の三年間であまり伸びなかったので安心してたら、高一で急に伸びたという。中学までやめた真乃とちがい、そこで一気にバレーボール選手の体になったのだ。

その後はスパイカーにコンバートされ、最終的にはキャプテンまでまかされた。コンバートにキャプテン。利実と尚人を合わせたようなものだ。選手個人としてもいいとこまでいったみたいなので、もしかしたら、野球部の酒井くんまで合わせるべきかもしれない。実際、バレーボールで私大に推薦入学、という話もあったらしい。でも伯母さんはそこでバレーをやめ、奨学金をもらって国立大に進む道を選んだ。宮島家は決して裕福じゃなかったからだ。

何であれ、中学でも高校でも、バリバリのレギュラーだった。まあ、そんな感じはする。レギュラーとそれ以外に分けられる場所で後者の立場でいる伯母さんを、ちょっと想像できない。

一方、妹であるぼくの母に、その感じはなかった。背は高くなかったし、スポーツもしてなかったはずだ。

それでも、この絹子と育子の宮島姉妹、不思議なことに全体の感じは似てる。伯母さんのほうがいくらかきりっとしてて、母のほうがいくらかふにゃっとしてる。性格も含めて、伯母さんのほうが少しかたく、母のほうが少しやわらかい、とも言えるだろうか。そんなきりっとかたい伯母さんがいたから、言い換えれば、頼れるお姉さんが身近にいたから、母は離婚して一人でぼくを育てるという決断を下すことができたのだろう。

父からは養育費を受けとらなかった母も、伯母さんからの援助は受けた。それをぼくに隠したりもしなかった。伯母さんは隠したかったようだが、母自身は隠さなかった。そんなところがまた、よくも悪くもやわらかい。

結局は伯母さんが選んだ駅前のそば屋に入る。土曜だからか、でなきゃ一時を過ぎたからなのか、店は空いてた。見かけはおばちゃんだが実は伯母さんより歳下っぽい店員のおばさんが、すぐにお茶を持ってきてくれた。

伯母さんは温かい山菜そば、ぼくはざるそばと親子丼のセットを頼む。

その二品も、五分と待たされずに、同じおばさんの手で運ばれてきた。

いただきます、と食べはじめ、静かな時間が過ぎる。

「おいしいね」と伯母さんが言い、

「うん。うまい」とぼくが言う。

「大地が何かをマズいって言うの、聞いたことがないわよ」

「しかたないよ。何でもうまいと思っちゃうんだから」

「それはとてもいいことだけど。そういうのとは別に、本当においしいものとそうでないものとのちがいをきちんと理解する必要はあるわね。値段の高い安いではなくて」

意味がわからなかったので、問いかけるように伯母さんを見る。

「例えばおいしいにも、いろんなおいしいがあるでしょ？　すごくいいお肉をつかった五千円のステーキも、百二十円のハンバーガーも、どっちもおいしい。だからハンバーガーのほうが得かっていうと、必ずしもそんなことはない。でも正確に値段の分だけ差があるかっていうと、そんなこともない。その二つに、四千八百八十円分の差は、たぶん、ない」

「うん」

「安いからってハンバーガーをバカにするべきではない。逆に、高いからってステーキをバカにするべきでもない。それぞれにそれぞれの価値がある。価値そのものの質もちがうだけ。そういうことは、知っておいたほうがいい」

「うん」

「って、これ、おそばを食べながらする話でもないわね。今はただおいしいでいいか」

「うん」

「うん、ばっかり」

「じゃあ、えーと。そうだね」

伯母さんは時々、こんなふうにぼくを困らせる。別に本気で困るわけじゃないが、ちょっと困る。伯母さんを楽しませるような気の利いた答を、ぼくは返せないから。

「ねぇ、大地。明日は試合で、次の日曜もまた試合？」

「いや。試合は土曜。日曜は練習かな」

「練習なら、休めない？」

「何で？」

「大地に会いたいっていう人がいるのよ」

「誰？」

ひょっとして、伯母さんが結婚を考えてる人じゃないだろうか。伯母さんの知り合いでぼくに会いたい人なんて、それ以外にはないだろう。ホテルや神社のサイトは、やはり伯母さん自身の関係だった。その相手がいよいよ紹介されることになったのだ。

ちがった。単なる勇み足だった。運動神経だけじゃない。ぼくは勘までもが鈍い。

「ごまかしてもしかたないから、はっきり言うわね。大地の父親。平野大也さん」

平野大也。久しぶりに聞く名前だった。忘れてはいないが、普段はあまり意識することもない。そんな名前だ。それが伯母さんの口から出てくるのは、初めてかもしれない。

「その平野大也さんがね、どうしても大地に会わせてほしいって言うの。これまではそんなことなかったんだけど」

「なかったんだ?」

「ええ。なかったわね。隠してたわけじゃないわよ。本当に、なかった。初めからそういう約束だったし。まあ、育子が亡くなったときにこちらから知らせるくらいはしたけど」

「葬儀には、来なかったよね?」

「来たの、一応。でも大地には会わせなかった。これは育子の判断じゃない。わたしの判断でそうしたの」

そうか、来てたのか。来たくない。だから来なかった。そんなふうに思ってた。

「来たことは、大地に話しておくべきだったかもしれないわね」

「どうだろう。よくわかんないよ」

父の顔は、おぼろげに覚えてる。十二年前、自分が五歳のときに見た顔だ。

今、道で会ったら気づけるかどうかわからない。これからすれちがう百人のなかにあなたの父親がいます、とあらかじめ言われなければ、気づけないかもしれない。

下の名前。大也。大だけじゃなく、也までもがぼくとかぶってる。大地には、父の大也がすべて含まれる。

それは単なる偶然だ。いつだかのオリンピックで金メダルをとった水泳選手からその大地をもらったのだと、母は言ってた。

そのころ、日本の水泳選手が金メダルをとるというのは、ほとんど奇跡みたいなものだったらしい。ぼくが生まれたのはそのオリンピックから何年もあとだが、自信に満ちたその選手のことが母はとても好きで、もしも男の子が生まれたら大地にさせてもらおうと決めてたのだという。

大地。オリンピックの金メダリストからもらった名前。公立高の強くも何ともないサッカー部でさえレギュラーになれないぼくにはちょっと、いや、かなり重い。

「絶対に会いたくない」と伯母さんがぼくを見て言う。「って思ったりする?」

どんな返事を望まれてるのかわからない。わからないままに、返事をする。

「そんなことも、ないけど」

「大地がいやなら会わせない。いやでないなら、会わせる」

すぐには答を出さずに考える。というか、考えるふりをして、伯母さんがいつものように自らたすけ船を出してくれるのを待つ。

今回は、こんなたすけ船が来る。

「保護者なんだから、わたしが突っぱねてもよかったんだけどね。よく考えたの。大地には、会わない権利もあるけど、会う権利もある。誕生日がくればもう十八歳だしね。どうするかは、自分で決めるべきかもしれない。一度は会うべきかもしれない」

一番最後のが、要するにたすけ船だ。伯母さん自身が一度は会わせるべきだと思ってるのだと思う。伯母さんが突っぱねてくれれば、ぼくはそれでもよかったんだけど。

「会うの、いやではないよ。会いたいわけじゃないけど、いやでもない」

会いたいのか、会いたくないのか。本当の自分の気持ちなんてわからない。伯母さんがいいと思うようにしたい。伯母さんにいやな思いをさせないようにしたい。強いて言うなら、ぼくの本当の気持ちはそれだ。

そのことで、お前には自分てもんがないのか？　と訊かれるなら、こう答えてもいい。それが自分なんですよ、と。

オフサイドというものがある。サッカーをよく知らない人には鬼門(きもん)ともなるルールだ。細かなことは省いて、その主旨をてっとり早く言うなら。

相手ゴールにへばりついて、そこに来たボールをシュートするのはズルいですよ。せめてディフェンダー一人ぐらいは自力でかわすなり何なりしなさいよ。でなきゃ得点として認めませんよ。反則にしちゃいますよ。

と、まあ、そんなとこか。

フォワードは、オフサイドをとられないぎりぎりを突く。常にそこを狙う。それを得意とする選手もいる。おれはそれ専門、みたいな選手もいる。

郷太もその一人だ。

利実に代わってスーパーサブからレギュラーフォワードに昇格した修介とツートップを組む郷太は、いつもぎりぎりの位置にいる。最後列の相手ディフェンダーといつも親友同士のように並ぶ。その位置で、味方からいいボールが来るのを待つ。あるいは、相手のミスでボールがこぼれてくるのを待つ。ボールが来たら、素早く飛び出してゴールを狙う。足と頭だけじゃなく、肩でも胸でも尻でも、何なら手でも。とにかく体のどこかに当てて、ボールをゴールへと押しこむ。

昔のサッカーはそれでよかったんだと思う。ボールのもとへ多くの選手たちが集まり、蹴る。相手陣地に向けて、ひたすら蹴る。ゴールへと蹴り入れる。

でも今のサッカーはそうじゃない。みんな、プロセスを重視する。どうやって守備から攻撃につなげたか。どうやって相手守備陣を崩したか。

高校のサッカーでさえ、それは同じ。失点がゴールキーパー一人の責任じゃないように、得点は最後にボールに触った一人の手柄じゃない。失点はチームの連動がうまくいかなかったから生まれ、得点はそれがうまくいったから生まれる。そんな意識が、広く浸透してる。またうまい選手ほど、その意識が高い。

例えば今。日曜日の練習試合、そのハーフタイム中。

は言う。

レギュラーや補欠やマネージャーや五十嵐、つまり全員の前で、そのうまい選手、貴臣は言う。

「郷太さん、ちゃんと戻ってくださいよ！」

ハーフタイムなので、かろうじてさん付けの敬語だが、声には苛立ちが混じる。それで敬意がかき消されるほど、前面に押し出される。

「ちょっとは下がって守備もやってくださいよ！　悟さんもおれもやってるじゃないですか。あと一人いればボールをとれたって場面が多すぎますよ。郷太さんが追っかけてればとれてたって場面が」

それは、ベンチにいたぼくも感じてた。中盤の前で悟や貴臣がせっかく追いつめても、最後のところでパスを出される。そこに郷太が詰めてボールを奪えてたら、一気にこちらのチャンスになるのだ。五メートル先にいるんだから、戻ればいいじゃないか。自らチャンスを生みだすことを考えてもいいじゃないか。そう思わされることが何度かあった。

でも貴臣に何を言われたところで、郷太は動じない。

「おれはフォワードだからいいよ」

「は？」と、貴臣があからさまに不満の声を上げる。「何ですか、それ。今どき守備をしないフォワードなんていないないですよ。修介さんだってやってる。中盤のおれよりやってますよ」

「じゃ、貴臣がもっとやれよ。もっと走れよ」

言ってる郷太もわかってるはずだ。貴臣は走ってる。ものすごく長い距離を走ってる。うまい選手のなかにはどこかで手を抜く者もいるが、貴臣はちがう。うまいのに走る。チーム一走る。

「守備をしないなら、点をとってくださいよ！　毎試合五点とってくださいよ！」

「じゃ、お前が点とれよ。守備しなくていいから」

売り言葉に買い言葉。キツい言葉にキツい言葉が重なって、みつば高ベンチ前はいや〜な雰囲気になる。前半を終えて一対一。負けてるわけじゃないのに。しかもウチの一点は、貴臣自身の記念すべき初ゴールなのに。

まだだいじょうぶだと判断してるのか、五十嵐は何も言わない。腕を組んでピッチのほうを眺めるだけだ。もしかしたら、みどり先生のことでも考えてるのかもしれない。

吐き捨てるように、貴臣が言う。

「バイトもいいけど、守備も頼みますよ」

「おい！」と即座にキャプテン尚人が反応する。「それは関係ないだろ。そういうのはよせ」

「すいません」と貴臣は素直に謝った。郷太にじゃなく、あくまでも尚人に。

同じ攻撃陣でも、三年の悟や二年の修介は郷太に文句を言わないが、一年の貴臣は言う。相手が先輩だろうとおかまいなし。ズケズケ言う。時には五十嵐に言い返すこともあるくらいだ。シュートは数打ちゃいいってもんじゃないですよ、とか、技術がないのにダイレクトプレーをやっても自爆するだけですよ、とか。

貴臣は、確かにうまい。これはもう認めるしかないが、三年で一番うまい悟よりもうまい。ただし、気持ちの面で、もろい。ずば抜けてうまい分、フラストレーションをためてしまうのだろう。自分のイメージどおりに周りが動いてくれないから。

ほかのメンバーも、郷太がまったく守備をしないことを不満に思ってる。そのことは、ぼくも薄々感じてた。今の貴臣のこれは、その不満がついに表面化しただけだ。

守備はしないが点はとる。だから五十嵐も郷太を外せない。でも貴臣が入ったことで、風向きは変わった。貴臣自身が点をとれるし、いいパスも出せる。これまでは唯一の出し手だった悟が、パスの受け手になることもできる。よって、郷太を前線に張らせる必要はなくなったのだ。

実際、ハーフタイムが終わり、後半が始まると、郷太にボールが出なくなった。出る回数は明らかに減った。

無視されたとか、そういうことじゃない。ただ、やはりみんなの意識が変わったのだ。それはまた、貴臣がチームの新エースとして認められたということでもある。信頼度でも悟を追い抜いたわけじゃないが、並んだのだ。

チームとしてとても健全なことではある。が、いいことばかりでもない。もめごとが起きるのはいやなのだ。部内の空気が悪くなる。

人と人、どうしたって相性はあるから、部員全員が親友同士になれるはずはない。でも、誰と誰は話さないとか、誰の前では誰と話しづらいとか、そんなふうにはしたくない。できれば何とかしたい。

「じゃあ、今日の最後はフリーキックな」との指示が五十嵐から出る。

待ってましたとばかりに、ぼくは最もゴールを狙いやすいところにボールをセットする。

フリーキックはいい。ぼくが個人的に一番好きなのは、何といっても、このフリーキック練習だ。ゴールキーパーのセービング練習を兼ねた、フィールドプレーヤーたちによるフリーキック練習。

ゴールから二十メートル強の辺りにそれぞれボールを並べ、一人一人順番に蹴る。ワクを外すとキーパーのためにもならないから、そこは慎重に、ぎりぎりを狙う。

持久力や瞬発力やフィジカルの強さを求められないこの練習は、数あるメニューのなかで唯一、ぼくがレギュラーたちと対等に渡り合えるものだ。球技は球技でも、体力勝負の類じゃない。ビリヤードやゴルフのイメージに近いかもしれない。

父に会うことが決まって時間が経つと、気持ちははっきりした。いや、そうじゃなくて。気持ちはますます混乱することがはっきりした。

父に会いたくはない。でも今の姿を見てはみたい。直接話したくはない。でも何を話すのか聞いてはみたい。会ったら、キツいことを言ってしまいそうな気がする。言っていいような気もする。

およそ一メートル間隔で置かれた十数個のボール。それが左から順に蹴られていく。もはや不動の正キーパーとなった利実はボールへの反応がよく、初めの四本をすべて止める。キーパーがゴールを許したときに攻撃陣から飛ぶ、ヘイヘイ！　という声が利実自身から飛ぶ。

そして五人め。ぼくの番。

狙うはゴール右上の隅。そこを速いボールで正確に突ければキーパーは絶対に止められないという位置。いわば泣きどころだ。

利き足は右だから、ぼくは左に曲がっていくボールしか蹴れない。例えば悟や貴臣のように、曲がりを抑えてまっすぐに進むボールは蹴れない。だから、その左に曲がる特性を最大限に活かす。ボールがゴールに到達するときにちょうどその右上隅にくるよう調節する。

　このフリーキックが決まったら、父にキツいことを言おう。何かひどくこたえることを言ってやろう。そう決めて、蹴る。

　そのボールにスピードはなかった。誰に合わせるとの意図もなく適当に蹴ったコーナーキックのボールのように、それはふわりと浮いた。

　害のないボールに見えた。利実も初めはそう思ったろう。でもふわふわと舞いつつ、いやなところにくる。ワクから外れたかと思いきや、戻ってくる。

　利実は後ろへ下がりつつ、腕と体をいっぱいに伸ばしてダイヴした。ボールはその指先を通り、ゴールへと吸いこまれた。

「よしっ！」と声が出る。そして、父にキツいことを言うのか？　と思う。思ってしまう。

「ナイッシュー！」「ヘイヘイ、キーパー！」「どしたどした！」「止めなきゃだろ！」

　そんな声が続く。

「あー、クソッ！」とこれは利実だ。

　あと数センチ。気持ちはわかる。でも今のは止められない。スピードがなかったから、県代表クラスの経験豊富なキーパーなら止められたかもしれないが、キャリア三週間のキーパーには止められない。むしろぼくは利実に感心したくらいだ。キャリア三週間でよくあんなきれいなダイヴができるもんだな、と。

その後も、利実はほとんどのボールを止めた。ゴールを許したのは、ゴンの一本だけだ。一巡めでは、ぼくのと合わせて二本。それ以外は、悟のも止めたし、貴臣のも止めた。貴臣のに関しては、見事な横っ跳び。スーパーセーブと言ってよかった。

ゴール裏で待機する一年たちが戻してくれたボールを再びセットし、二巡めが始まる。今度は逆側、ゴール左上の隅を狙おうかと思ったが、やはり右上の隅にした。同じところに自分が蹴れるかどうかを、そしてまたあそこに蹴れば入るかどうかを試してみようとも思ったのだ。

この二本めが決まったら、父にキツいことを言うのはやめよう。もし言うべきなら、決まらないだろう。まさか二本続けて決まりはしないだろう。

蹴った。入った。一度めとほぼ同じ軌道。

「よしっ！」とそこでも声が出る。そして、父にキツいことを言わないのか？　と思う。思ってしまう。

参った。余計なことをした。気持ちはいよいよ混乱する。

「あー、マジかよ！」と利実が言う。

「ヘイヘイ！」「どした、キーパー！」「止めろ止めろ！」「せめて触ろうぜ！」

ぼくの次に蹴ったのは尚人で、利実はそのボールを止めた。強いボールだったが、正面にきたので、パンチングではじき返した。

ゴール前に転がったそのボールを自ら拾いに行き、ドリブルで戻ってくると、尚人は言った。

「前から思ってたんだけどさ、大地、フリーキックはうまいよな」

「ん？」

「かなりの確率で決めるだろ。デルピエロ・ゾーンからだと」

デルピエロ。アレッサンドロ・デルピエロ。元イタリア代表のフォワードだ。創造性に富んだプレーぶりからファンタジスタと称され、長く名門ユヴェントスにいた。

フリーキックに限らず、ゴール前左四十五度からのシュートを的確に決めるので、そのエリアはデルピエロ・ゾーンと呼ばれるようになった。利き足が右の人はその辺りからのシュートが得意なことが多いが、なかでもデルピエロは本当によく決めてたらしい。そのデルピエロ・ゾーンからのゴールばかりを集めた動画がネットに投稿されたりしてるくらいだ。

「気づいてからは、この練習のたびに見てたよ」と尚人は続ける。「大地は悟と同じか、もしかするとそれ以上に決めてる」

そこからのフリーキックは、確かに自信がある。というか、たった一つの得意技。

ドリブルはダメ。ヘディングもダメ。リフティングもダメ。ボディコンタクトもダメ。

でも何故かこれだけは、どうにか。あくまでもセットプレーであり、自分のタイミングで臨めるからかもしれない。

「この位置からだけだよ」と、ぼくは尚人に内情を明かす。「右サイドからだとボールが左に流れるから、楽な角度になってキーパーに止められちゃう。だからこの練習のときは、いつもこの位置を必死にキープするんだ。誰かにとられたら、もうアウトだから」

「アウトじゃないだろ。右サイドからでも、結構決めてるよ」

「でも確率はずっと下がる」

「おれよりはずっと高いって」

さすがはキャプテン。周りを、というか全体をよく見てる。そこがチームメイトに好かれる部分だ。チームメイトからのみならず、五十嵐からも、そして桃子からも好かれる部分だ。

そう。桃子。カノジョはいないけど女子と付き合ったりする気はないみたい、とぼくが伝えたときに、そんなぁ、と言って涙目にもなった、桃子。

桃子はあきらめなかった。あれから三週間が過ぎた今日、昼休みにわざわざ訪ねてきて、再びぼくに言ったのだ。

大地先輩、プッシュしてくださいよぉ。

プッシュって、何？

もうわたしの名前を出していいから、じゃんじゃん押してくださいよぉ。尚人先輩にアピールしてくださいよぉ。

またしてもの、涙目。わずか二秒での、涙目。

約束はしなかったが、はっきり断りもしなかったので、何となく約束したような形になった。ぼくが間に入る意味がわからない。もはや橋渡しじゃない。自ら動いてしまうのでは、もうまさにキューピッドだ。恋の矢を尚人に向けて放つ自分の姿が浮かぶ。全裸に白い羽、という恥ずかしい格好のぼく。宮島・エンジェル・大地。せめて願をかけられるお札程度の存在でいたいのに。

フリーキック練習が終わると、グラウンドでは、いつものように締めのミーティングが行われた。

「こないだ四月になったと思ったら、もう五月も終わりだぞ」と五十嵐がぼくらに言う。「三年は受験勉強をしてるか？　部活のせいで成績が落ちたなんて言われないよう、しっかりやれよ。やってくれよ。部活と勉強がちゃんと両立できることは、節郎が身をもって証明してくれてるんだからな」

「節郎、証明しすぎ」と敬吾が言う。「さっき聞いたけど、中間もまた一位だったんだろ？　五連続一位って、どんだけ一位になんだよ。出来の悪いやつのことも考えてくれ。例えば哲のこととか」

「おいおい、ふざけんなよ」とその哲が言い返す。「中間はおれ二百番台だっつーの」

「理系と分かれての二百番台は下位だっつーの」

「二百番台といっても、どうせあれでしょ？　ほぼケツの二百二十何番とかでしょ？　哲さん」と修介。

「残念だな。二百三十何番だよ」

「下かよ」と敬吾。「しかもエラソーに言ったよ。さすが、恥を知らねえよ」

これにはみんなが笑う。二年も一年も笑う。哲自身も笑う。五十嵐まで笑う。

練習終了直前。ゴール前に全員集まってのミーティング。部活はこんな時間が楽しい。で、そんな楽しい時間も、そろそろ終わりが見えてきた。そう思うと、ちょっとさびしい。

このところ、よくそんなことを考える。入学してから二年強。一日六時間もある授業の最中はこれぞ永遠と感じられるのに、過ぎてしまえばあっという間だ。

「選手権予選まではあと二ヵ月もない。妥協すんな。悔いは残すな。サッカーも勉強も、どっちも必死にやれよ。勉強だけじゃない。ここでサッカーも必死にやることが、後の受験でも必ず活きてくるからな。これは経験者としてはっきり言えることだ。サッカーも真剣にやってたから、おれは受験勉強にも真剣に取り組むことができた。やってみると、そういうもんなんだ。片方で手を抜いたからもう片方にその分の力を注ぎこめるかっていうと、そうはならない。特にお前らならまちがいない。抜いた力の行先はゲームかスマホだろ。だから、いいか？　サッカーと勉強。やるからには、どっちも真剣に取り組め。そうすれば結果はついてくる。ついてこなくても、後悔はしない。まあ、おれも、第一志望の大学には落ちてるしな」

「落ちてんのかよ」と敬吾が声を上げる。「受かってる流れでしょ、今の。成功者のセリフだよ」

「成功者って言うな。おれが失敗者みたいだろ」

「ちがうんすか？」

「ちが、うだろ？」

「離婚もしてますけど」

「やかましい」

またしても笑いが起きる。二、三年は大っぴらに笑い、一年は控えめに笑う。

五十嵐の受験失敗に、離婚。

ぼくは選手たちの後方にいる真乃をチラッと見る。

笑ってる。離婚のことはともかく、五十嵐が第一志望に落ちたことは初めて聞いたみたいに。

それでいい。マネージャーには、いつも笑っててほしい。

五十嵐は、適度に熱血漢である一方、こんなふうに場を和ませたりもする。意図的にじゃない。もしかすると、天然に近いのかもしれない。いい加減なところは結構いい加減だ。

まず、体育教師のくせに、器械体操があまり得意じゃない。ぼくも一年のときに体育の授業を受けたことがあるが、特に苦手な鉄棒なんかは、自分がやってみせる代わりに、それが得意な生徒に見本を示させたりした。

五十嵐は今、二十九歳。ぼくよりちょうどひとまわり上だ。おっさんといえばおっさんだが、まあ、若いといえば若い。その分、部員との距離も近い。

ぼくらも、怒られたりしたときは、ついデガラシとか言ってしまう。もちろん、面と向かっては言わないが、陰ではついつい言ってしまう。

一度、修介がグラウンドで、後ろに五十嵐がいるのに気づかずに、デガラシ超ムカつく！　と叫んだことがある。誰がデガラシだ、と五十嵐はなお怒り、いや、ちがいますよ、お茶ですよ、と修介はアホすぎる言い訳をした。

五十嵐は放課後、全体でのランニングと、パスやトラップなどの基本練習が終わったあたりで、職員室からグラウンドに出てくる。その時刻から、五十嵐4・20と呼ばれたりもする。

今しがた本人も言ったとおり、五十嵐の指導方針は明確だ。やるからには真剣にやれ。

真剣に勝利を目指せ。プレーを楽しみたいだの、自分たちのサッカーだのは、プロになってから言え。すなわち。プロでもないお前らが、そんな御託を並べるな。

でもそのわりに、練習はキツくない。長距離走をやらせたりはするが、何かの罰としてやらせたりはしない。怠慢プレーに激怒したりもするが、あとあとまで引きずったりはしない。

五十嵐の口癖といえば妥協すんなだが、ほかには、木を見て森も見ろ、なんていうのもある。これは口癖というより、お気に入りの言葉だ。

もととなるのは、木を見て森を見ず。細かな点に気をとられて全体をとらえられない、という意味だ。サッカーにあてはめて言うなら、目の前の敵やボールばかり見て、ピッチ全体が見えてない、ということか。

そこから転じての、木を見て森も見ろ。ボールがないところでも敵や味方がどう動いてるか、どうポジショニングしてるかを常に気にかけておけ。要するに、視野を広く持て。

それもまた五十嵐が頻繁に口にするので、部員たちはよくわかってる。例えば試合中でも五十嵐は、森を見ろよ、森だぞ森、といった指示を出す。相手にしてみれば、何のこっちゃだろう。チームに森という名の選手がいて、その森選手にボールを集めろと言ってるのだと思うかもしれない。まあ、それならそれで、こちらとしては好都合だ。勝手に混乱してくれるわけだから。

五歳からずっと父親がいないせいか、ぼくはどうも大人の男が苦手だ。まず距離のとり方がわからない。それこそ教師としか接したことがないせいでもあるだろう。教師と生徒の関係は、やはり普通の大人と子どもの関係とはちがう。なのにどうしてもそれを基準にせざるを得ないので、結果、距離はなお開く。

ただ、五十嵐はましなほうだ。ましな大人で、ましな教師だと思う。強い部だと、その監督はそれこそ神様教祖様みたいになったりもするらしいから。この五十嵐は、ちっともそんなことはない。神様感、教祖様感は、まったくない。かけらもない。

経験者とはいっても、サッカー自体、悟や貴臣のほうがずっとうまい。その二人には、練習中にドリブルで簡単に抜かれる。ちょうどぼくなんかといい勝負になる。六四(ろくよん)でぼくが勝ったりもする。いやぁ、おれもおっさんだ、と負け惜しみを言ったりもする。それを抑えず口にしてしまうあたりは、大人の男として悪くない。指導者としては、微妙だけど。

「とにかく三年は勉強しろよ」とその五十嵐が再度言う。「といっても、一、二年は勉強しなくていいってことじゃないからな。節郎のあとを継ぐ者が出てくれると、おれとしてもうれしい。サッカーも勉強も、結局は積み重ねだからな。それを肝(きも)に銘(めい)じておくように。じゃあ、解散！　みんな、気をつけて帰れ」

二年、三年が、いや〜、終わった終わった、と部室に戻るなか、尚人はいつものようにグラウンドに残り、一年と一緒にトンボをかけた。

キャプテンになってからというもの、尚人はずっとそうなのだ。代々のキャプテンもそうしてきたというわけじゃない。尚人が自身の判断でそうしてる。初めは遠慮がちに、いいですよキャプテン、と言ってた一年たちも、二ヵ月が過ぎた今はもう言わない。言ってもムダだとわかったのだ。尚人自身はこう言ってる。キャプテンになる前からやっとけばよかったよ。キャプテンになったからやるっていうのは、何かヤラしいよな。

ちっともヤラしくない、とぼくは思う。そういうのをヤラしいとは言わない。例えばキャプテンになるための選挙があって、尚人が立候補して、その選挙期間だけそれをやる。ヤラしいというのはそういうことだ。

キャプテンになって尚人が変わった部分はほかにもある。前は悟やぼくともよくつるんでたが、そういうことがなくなった。つまり、特定の部員とつるむことがなくなり、誰とも等距離を保つようになったのだ。角を立てずにそれができるのだから、尚人はすごい。尚人以外がやったら、どうしてもエラソーになり、反感を買ってしまうだろう。

今日はぼくもグラウンドに残り、二人になれるタイミングを見計らって、声をかけた。

「ねぇ」

「あぁ、大地か。何?」

「桃子、尚人のこと、ほんとに好きみたいよ。あきらめきれないって言ってた。目、ウルウルしてたよ。まあ、そのウルウルは、知ってのとおり、練習試合に負けただけでそうなるんだけど」

「うーん」

尚人は、トンボをかける手も足も止めて、考えた。うつむいてじゃなく、まだ暗くはなってない空を見上げてだ。

そういう仕種がやっぱりカッコいいよな、と思う。いちいち絵になるのだ。例えばてりやきバーガーとチーズバーガーのどちらにするかで迷ってるのだとしても。

実際にそれで迷ってたわけじゃないはずだが、尚人はぼくに言った。

「大地さ、帰り、ハンバーガー食ってかない？」

⚽

みつば駅前の大型スーパーのなかにあるハンバーガー屋に寄った。

みつばに住むぼくの場合は寄道じゃなくまわり道になるのだが、腹は減ってたので誘いに乗った。尚人に限らず、電車通学の部員の誰かが誘ってくれれば、たいていは付き合うのだ。

ハンバーガー屋は、郷太がバイトをしてる大手チェーン、そのみつば店。伯母さんがいいと言ってたら、ぼく自身、バイトに応募してみようと思ってた店だ。

　尚人はただのハンバーガーを頼み、ぼくは晩ご飯にするつもりで、てりやきバーガーとチーズバーガーを頼んだ。ポテトはＬサイズ一つを二人で分ける。

　店の奥、四人掛けのテーブル席に着くと、尚人は訊かれる前に自分から言った。

「桃子に言われたよ、付き合ってくれって。断っちゃったけど」

「そうみたいね」

「日が経つから、もう終わったと思ってた」

　それはぼくも同じだ。そんなぁ、からの涙目で、終わったものと思ってた。その後桃子が尚人に告白してたことも、昼休みに聞かされるまでは知らなかった。

　桃子がそこまで本気だったことに驚いた。だからこそ、再び自分で尚人に言ってみることにしたのだ。キューピッド神話を継続させたいからじゃなく、何というか、桃子に頼まれた一度めは、やっつけで片づけちゃったような気がするから。

「桃子のことは好きだよ」と尚人は続ける。「付き合ったら楽しいだろうなとも思う。明るくて、かわいいし」

　男子のほぼ全員が気にかけてるであろう桃子が相手では荷が重い。尚人はそんなふうに感じてるんだろうとぼくは思ってた。が、そうでもないみたいだ。

「ちょっとでも好きなら、付き合ってみれば」と軽い調子で言ってみる。

「そういう好きでも、ないんだよなぁ」

「キャプテンだし、部内で付き合うのはいやだ？」

「そんなことはないよ」

「じゃあ、受験だから？」

「そんなこともない。むしろいやだよ、受験だからサッカーはしないとか恋愛はしないとかってのは」

「だったら、いいんじゃん？　お似合いだと思うけどな、尚人と桃子なら。美男美女で。って、古いな、言い方が」

尚人がハンバーガーを無造作にかじる。唇の端にケチャップが残る。それを舌でペロリとやる。その仕種もカッコいい。品のある人がやるからこそのカッコよさ。まじめさとのギャップが、女子にはたまらないだろう。

あれもカッコいいこれもカッコいいって、これじゃまるでぼくが尚人を好きみたいだな、と思ってたら、尚人がいきなりこんなことを言う。

「おれさ、女子にあんまり興味がないんだよ」

「まあ、そんな感じはするけど」

「する？」

「少し」

「ヤバいな」

「ヤバくはないでしょ。付き合ったり何だりっていうのをめんどくさがる男もいるよ」

「いや、そういうことじゃなくてさ。おれ、女子に本当に興味がないかもしれないんだ」

尚人は素早く店内を見まわし、声を潜める。「もしかすると、男が好きかもしれない」

「え？」

「自分でもよくわからないんだよ。どうなのか」

「うーん」と、グラウンドでの尚人のように、ぼくは考えこむ。空ほど高くはない、ハンバーガー屋の天井を見て。くわえタバコならぬくわえポテトで。いちいち絵にならない。

「逆に訊きたいよ。大地はさ、自分がそうなんじゃないかと思ったこと、ないか？」

「ない、かな」

「他人ごとじゃなく、自分のこととして、よ～く考えてみてくれよ。具体的に。真剣に。一度もないか？　こいつカッコいいな、何か好きだな。と、そう思ったこと、ないか？」

「まあ、そのくらいなら」

ある。そのくらいなら、尚人に対して思ってる。事実、二分前にも思った。ほかには、悟に対してだって思うことがある。サッカーうまいな、カッコいいな、何か好きだな、と。

具体的に、真剣に、よ～く考えて、ぼくは言う。

「ごめん。やっぱりおれは、そうじゃないみたい」

「何で謝るんだよ」

「いや、だって、その感じをわかってあげられないから。でもさ、自分にない長所を持つ人への憧れみたいなものなら、あると思うよ。俳優とかミュージシャンとかサッカー選手とか、そういう人たちにじゃなくて、もっと身近なとこでも」

「自分にはないものを持ってるやつに惹かれるってことか。それは、確かにあるな」

「だから男子は女子に、女子は男子に惹かれるんでしょ。って、これは冗談ね。下ネタじゃない冗談」

それを聞いて、尚人は穏やかに笑った。その笑い方もカッコいい。明らかに、ぼくにはない長所だ。冗談が本当におもしろかったから笑うんじゃなく、それを冗談と認識したから笑う。お義理にでもない。そんな感じ。

「こうは言ってもさ、別に女装をしたがるとか、部員の誰かをそんな目で見てるとかってことじゃないから、そこは安心してくれよな」

冗談の延長で、言ってみる。

「部員じゃなければ、五十嵐とか」

「まさか。ないない。まず、そんなはっきりしたもんじゃないよ。誰々が好きって、そこまではっきりしてるなら、それはもうまちがいないだろ。自分でもわからないってレベルじゃない」

「そうか。そうだよね」

「だからさ、いや、だからってことではないのかもしれないけど、桃子にそんなことを言われてもって感じではあるんだ。あぁ、そうですか、じゃあ、付き合いましょう、とはならないっていうか。おれ、自分で、もうちょっとうまく説明するわ、桃子に」

なるほど。そういうことか。それを言うために、尚人はぼくを誘ったのだ。このままじゃいつまで経っても同じことのくり返しだから。桃子にもぼくにも、ちょっといやな思いをさせることになるから。

結論。そういうとこも含めて、我らがキャプテンはカッコいい。

風潤む六月

「お久しぶりです」と父は言った。

「どうも」と伯母さんが応じる。

父、平野大也は、あらためて息子、宮島大地を見る。

「おれだよ」伯母さんの手前、言おうか言うまいか迷ったのだろう。少し間を置いて、続ける。「お父さんだ」

「うん」とぼくは言う。

久しぶり、とは言えない。五歳で別れた父親と、次は十七歳で会う。それを久しぶりとは言わないような気がする。

「顔、わかるか?」

「何となくは」

「何となくか。無理もないな」

見てもわからない。イメージと全然ちがう。そんなこともあり得ると思ってた。意外に、そうでもなかった。父に会うと知ってたためか、すんなりわかってしまった。父は今、四十七歳。見た目はもっと若い。

「大きくなったな」

そりゃなるでしょ。そう言おうとしたところで、父が先に言う。

「そりゃなるか。もう十八だもんな」

「まだ十七だけどね」

「ああ。何センチある？　身長」

「百七十三」

何故か一センチサバを読んだ。

「そうか。おれと同じだ」

サバ読みを後悔した。

約束は、日曜日の午後二時。今はその五分前。父は店の入口の前で待ってた。そこへ伯母さんとぼくが到着した。

三人で店に入る。

店といっても、ただのファミレスだ。ぼくがリラックスできるようにと、伯母さんがそこを指定した。父が住む世田谷区と蜜葉市のちょうど中間。父にも、伯母さんやぼくにも、何のゆかりもない場所にあるファミレス。

父は初め、自分の店で会うことにしたかったらしい。自分の店。やはりレストランだが、ファミレスではない。イタリア料理店だ。ぼくが部の仲間たちとたまに行くイタメシファミレスよりはずっと高級らしい。確かに、慣れないそんな場所ではリラックスできなかっただろう。今ここでも、ちっともリラックスできてないくらいだから。

自分の店で会うのが無理ならみつばに出向くと父は言ったようだが、伯母さんが中間地点での面会を提案した。そのあたりが、伯母さんのかたさだ。それを短所と見る人もいるかもしれないが、ぼくは長所と見る。

母の墓参りのときみたいに制服を着ることになるのかと思ったが、大地が好きなようにすればいいと伯母さんが言うので、私服にした。私服も私服。丈の短いクロップドパンツに、七分袖のTシャツだ。伯母さんはジャケットを着てるが、夏物らしく、その生地は薄い。父は同じくジャケットにチノパンだ。なかは白のポロシャツ。

窓際、四人掛けのテーブル席に着く。伯母さんとぼくが並んで座り、その向かいに父。窓側はぼくで、通路側が伯母さん。どちらとも話しやすいよう、父はイスのほぼ真ん中に座った。

「全席禁煙だけど、いいですか？」と伯母さんが今さら尋ね、

「だいじょうぶです。喫煙ルームはあるようですし」と父が答える。

五歳で別れたため、あまりその印象はなかったが、父はタバコを吸うらしい。

実は伯母さんもタバコを吸う。家では吸わないが、外では、たぶん、吸う。ハンドバッグにタバコの箱が入ってるのを、何度か見たことがある。でも服に臭いがついてたりすることはないから、たくさんは吸わないのだと思う。

ランチタイムを避けたはずなのに、店はまだ混んでた。家族連れもいるし、カップルもいる。高校生っぽいグループもいるし、一組だけ、中学生っぽいグループもいる。

伯母さんは生ハムのサラダ、ぼくはミックスグリル、父は野菜と魚介のスパゲティを、ドリンクバー付きで頼んだ。

そのドリンクバーのコーナーへ行き、伯母さんは紅茶、ぼくはアイスコーヒー、父はコーヒーをそれぞれカップやグラスに注いで、席に戻る。

まずは父が伯母さんに言った。

「会うのを許可していただいて、感謝してます」

「大地が会いたくないと言ってたら会わせないつもりでした。でも会いたくないとは言わなかったので」

それだとニュアンスがうまく伝わらないような気がした。確かに、会いたくないとは言わなかった。会うのはいやでもない。ぼくはそう言ったのだ。積極的に会いたいとの意思を示したつもりはない。

「そうか」と父はぼくに言う。「うれしいよ」

それには、うなずくのでも笑うのでもない、中途半端な会釈を返す。よく知らない教師にいきなり話しかけられたときに返すような会釈だ。

「大地は、サッカーをやってるんだな。いつから?」

「中学」

「ポジションは?」

「ミッドフィルダー。攻めの」

「攻めか。おもしろそうだ」

レギュラーかどうかを訊かれたらいやだな、と思ったが、父は訊いてこなかった。レギュラーでなかったら気まずい、と考えたのかもしれない。

「お父さんの店はイタリア料理店だから、たまにイタリア人も来るけど、やっぱりサッカー好きが多いよ。カルチョって言うんだよな、イタリア語で」

「みたいね」

「ナポリのサポーターだって人が来てくれたこともあるよ。昔、マラドーナがいたんだよな? ナポリ」

「知らない」

「そうか。いたらしいよ。お父さんもよく知らないけど、マラドーナだけは知ってたから、覚えてる。ナポリの王様、なんだそうだ」

話はふくらまない。あまりふくらませたくもない。

それぞれの料理が、間を置かずに運ばれてきた。伯母さんとぼくにつられるようにして父までもがいただきますを言い、食べはじめる。

ハンバーグとチキンとソーセージ。肉尽くしのミックスグリルはうまい。伯母さんの基準からするとうまいのかどうかわからないが、ぼく自身はうまいと感じてしまう。

イタリア料理店の経営者である父は、意外にも、ファミレスのスパゲティをほめた。

「最近のこういうところのパスタはおいしいですね。この値段でこれを出されるんだから、ウチもがんばらなきゃいけない。ぜひ今度、食べに来てくださいよ。味には自信がありますから」

「ええ。まあ」と伯母さんは言葉を濁す。

父も、それ以上はすすめない。

食べてれば話をしなくてすむから気が紛れるだろうと思ったが、そんなことはなかった。会話がないならないで、むしろ気づまりな感じになる。そうならないのは、本当に親しい者同士でご飯を食べてる場合だけらしい。

ソーセージやライスを何故か必要以上に見つづける。ナイフで切るときやフォークに載せるときも見て、口に運ぶときも見る。そのナイフやフォークが皿に当たる音がやけに響く。気をつければつけるほどカチカチやってしまう。

食べながらの伯母さんとのぎこちない会話から、父が今は二軒の店を経営してることがわかった。アダージョとテヌート。どちらも音楽用語だ。目黒駅の近くにあるのがアダージョで、中目黒駅の近くにあるのがテヌート。そしてさらに三軒めの出店を検討してるという。その場所をどこにするか、それを慎重に見極めてる最中、なのだそうだ。

「例えばみつばに出店したら、お客さんは入りますかね？」と父が冗談めかして尋ねる。

「無理でしょうね」と伯母さんが真顔で答える。「まあ、値段次第ですけど」

「味がどんなによくても無理ですか？」

「無理ですね。最近は高値のマンションも増えてますけど、みつばはただの住宅地ですから」

「なるほど」

「低価格でカジュアルなイタリアンなら、可能性はあるかもしれませんけど」

「カジュアルか。それは、いいかもしれませんね」

「素人の意見ですよ。参考にはしないでください」

「いえいえ。そういうかたのご意見こそが大事なんですよ。自分で店を出すとなると、どうしてもコストだの何だのをまず考えちゃいますから。それに、お姉さんはものを見る目がおありですし」

「ありませんよ、そんなの」

お姉さん。父はそう言った。表記するなら、お義姉さん、か。いや、ちがう。母とは死別したんじゃなく、離婚してるんだから、やはりお姉さんだ。ぼくが友だちの姉をお姉さんと呼ぶのと同じ、お姉さん。真乃を姉さんと呼ぶのとはちがう、お姉さん。

次いで、父はぼくに尋ねる。

「大地は、イタリア料理が好き？」

「どういうのがイタリア料理なのか、よくわかんないよ。ピザとかパスタとか、そういうのしか知らない」

「そういうのでいいんだよ。それは、好き？」

「まあ」

「オリーブオイルなんかは、だいじょうぶ？」

「それも、何となくしかわからない」

「何度も口にしてるはずだよ。質のいいエクストラヴァージンオイルだと、バター代わりにパンに塗ったりしてもおいしいんだ。ウチの店で、ぜひ食べてほしいな。もちろん、パンとオリーブオイルだけを出すようなことはしないから」

そう言われると、途端に何も言えなくなる。うん、とさえ言えない。

食後にそれぞれ二杯めのドリンクを飲む。伯母さんはまた紅茶、父はまたコーヒー。今度はぼくもコーヒーにする。別に父をまねたわけじゃない。アイスコーヒーを二杯も飲むと腹をこわしそうな気がするからだ。

伯母さんが、ちょっと失礼、と化粧室に立つ。あえてそうしたような感じも、ないではない。親子二人の時間を与えようとしたのだ。ぼくに。もしくは父に。

でもそれはぼくにしてみれば余計なことだった。途端に、どうしていいかわからなくなる。コーヒーを二口三口と立てつづけに飲んだりする。メッセージがきたふりをして、スマホを眺めたりもする。

まさかそんなことはしないだろう、とぼくが思ってたそのまさかを、父はした。ジャケットの内ポケットから小さなメモ帳とボールペンを取りだし、早口の小声で言ったのだ。

「大地、ケータイの番号を書いてくれないか」

さすがに驚き、とまどった。マズいよ、というのが素直な気持ちだったが、父とはそれを素直に言える関係じゃない。それでいて、いやだとはっきり拒絶を突きつけられる関係でもない。

準備のないところへ簡単な要求を出されると、人は断りきれずに応じてしまう。自分のケータイ番号を紙に書く、というその行為だけを見れば簡単だ。だから、やってしまう。

尚人にカノジョがいるか訊いてくれと桃子に頼まれたときみたいに、ぼくはあっけなくことを引き受けた。スマホの番号を書いてしまった。

父はあらかじめ自分のケータイ番号を書いておいた紙をぼくに渡し、代わりにぼくから受けとったメモ帳とボールペンを素早くジャケットの内ポケットに戻した。そして何ごともなかったかのように言う。

「生活は、どうだ？」

「どうって？」

「楽しいか？」

「普通だよ」

「そうか。普通か」

楽しい生活ってどんな生活だろう、と思う。自分の生活が楽しくないとは言わない。でも生活というのは、途切れることなくずっと続いてるものだ。五歳のときからも、十二歳のときからも、続いてる。両親の離婚や母の死ともつながってる。それらをひとまとめにして、楽しいか？　と言われても、楽しいとは言えない。

伯母さんが化粧室から戻ってきて、ぼくの隣に座る。

父は素知らぬ顔で、三軒めの出店の件、その続きを伯母さんに話す。ぼくにケータイ番号を訊いたことには触れない。触れないからな、とぼくに伝えるかのように、自分の店のことばかり話す。

ぼくも番号を教えてしまったことには触れない。触れるならあとで、伯母さんと二人になったときに触れればいいのだ、との理由をつけて、触れない。その理由を思いつけてよかった。今はただそう思う。

父が三杯めのコーヒーを注ぎに行って、戻ってくる。イスに座り、こう尋ねる。

「大地、何かデザートは？」

「いい。いらない」

「お姉さんは」

「わたしも結構」

父は、一、二杯め同様、コーヒーにミルクだけを入れ、一口飲む。

「僕には今、お付き合いをしてる人がいます」

僕と言うので、伯母さんに話してるのだとわかる。

「その人と、おそらく結婚することになると思います。結婚というか、再婚ですが」

「そうですか。それは、おめでとうございます」

「ありがとうございます。お姉さんは、どうなんでしょう。こんなところでお訊きすることではないのかもしれませんが、この先もご結婚は、なさらないんですか？」

「こんなところで訊くことではありませんね」伯母さんはぴしゃりと言う。「平野さんには関係ないことです」

「そうですね。失礼しました。別に興味本位で尋ねたわけじゃないんですよ。その相手と

「もちろんね、言ってきたところで、わたしははねつけてましたよ。でも、言ってくるかな、というくらいのことは思ってました。親なら言ってくるだろうな、というくらいのことは。あなた、言ってきませんでしたけどね」

「あのときはまだ、何というか、状況が」

「整ってませんでしたか？」

「ええ。まあ」

「今は整ってますか？」

「はい。まあ」

「お店の経営が順調だからってことですか？」

「そう、ですね」

「たまたま仕事がうまくいってるから引きとるなんて、都合がよすぎます」

「ですが」

「仕事がうまくいかなくなったらどうします？　今度はほっぽり出しますか？　大地に大学をやめさせて、働かせますか？　それとも、わたしのもとに送り帰しますか？」

伯母さんのその剣幕にこそ、驚いた。驚いたが、そうなったらなったで、納得した。伯母さんはぼくの味方だ。というより、母の味方だ。

ぼくが父にキツいことを言う必要はなかった。それは代わりに伯母さんがやってくれた。充分だと思えた。自分もそこに乗っかる気には、ならない。

「わたしに気をつかってるふりなんかしないでください。気をつかうなら、もっと真剣につかってください」

今度は父が黙った。伯母さんがここまで強く反発することを想定してたのか、してなかったのか。どちらかといえば、してなかったように見える。

父と母が離婚した理由。それは、ぼくが生まれたあとも父が安定した仕事に就かなかったから、だ。

父はどうにかして若いうちに自分の店を持ちたかったらしい。実際に、調理師の友人と組んで居酒屋を開いた。が、その店はあっけなく一年でつぶれた。

そして母がぼくを身ごもった。父はあきらめずに再びチャレンジした。母は反対したが、最後には容認した。賛成ではない。あくまでも容認だ。黙認に近い、容認。

その再チャレンジの洋風居酒屋は三年もったが、そこまでだった。ぼくが生まれたことでのあせりもあったのか、父は判断を誤った。ムダに引っぱりすぎたのだ。店はまたしてもつぶれ、借金だけが残った。

そのあたりの事情は、伯母さんに聞いた。もう知っておいてもいいだろうということで、自ら話してくれたのだ。ぼくが高校に入学した直後に。

伯母さんによれば、離婚は、母が一方的に突きつけたわけじゃなかった。それは父の意思でもあったのだ。というのも、父は、二度の失敗を活かして、再々チャレンジするつもりでいたから。

だったらもう好きにさせなさい、と伯母さんは母に言ったそうだ。ただし、育子と大地を好きにはさせないようにしなさい。

「わたしが結婚するかどうかはわたしが考えます。一応言っておくと、その結婚が大地を差し置いて自分だけが幸せになるようなものなら、しないと思います。大地を一人にはしません。この子のせいでわたしが結婚をためらうとあなたがお考えになるのは結構です。結構ですが、余計なお世話です。自分が結婚するためにあなたの手を借りるようなことはしません」

ぼくを父に会わせる。でもそれだけ。必要なら、言うべきことは言う。伯母さんは初めからそのつもりでいたみたいだ。今のは、この場の感情に流されて口にした言葉じゃない。ぼくにはそう聞こえた。

そして気になることが一つ。伯母さんは、自分が結婚することを否定しなかった。するとは言わなかったが、する予定はないとも言わなかった。相手がいることを暗に認めたような感じさえある。伯母さんはその手のうそはつかない。相手がいるなら、いないとは言わない。

「都合のいいことを言ってるのは認めます」と父は言った。「でも僕には、大地を引きとる意思があります。その用意もあります。いやなことを言いますが、もう借金はありません。いえ、今の店の初期費用の分はありますが、前の店の分はありません。すべて返し終えてます。だからこそ、大地を引きとろうと思ってます。確かに都合がいいです。ただ、本気です。それだけは、知っておいてください」

「知ってはおきます」と伯母さんは応じた。「聞き入れるということではなくて、話を聞いてしまったから、知ってはおきます」

タイムアップだった。ヴァーチャルな主審が吹くヴァーチャルな笛の音が聞こえた。

内容は濃かったが、スコアは〇対〇。もしくは点のとり合いの、十対十。どちらにしても、引き分け。痛み分け。ぼくらの面会はそれで終わった。

ご飯代は父が払おうとしたが、伯母さんがそうはさせなかった。父は父の分を払い、伯母さんが伯母さんとぼくの分を払った。

「じゃあ、また」と、別れ際に父は言った。

たぶん、あえてまたを付けたが、伯母さんは聞き流した。

「受験がんばってな。大地」

「うん」

父は駐めておいた車に乗り、世田谷区へと帰っていった。国産だが高そうな、ダークグレーの車だ。

伯母さんとぼくは駅まで歩き、みつばに向かう下り電車に乗った。日曜の午後でも、ガラガラというほど空いてはいなかった。座ろうと思えば座れたが、長い距離じゃないので座らない。伯母さんはドアのわきに立ち、窓の外を眺めた。ぼくもそうした。伯母さんが後方を見て、ぼくが前方を見る。

高架を通る電車の窓からは、倉庫やら何やらが見えた。それらのすき間から、時おり東京湾も見えた。悟たちと浜の波打ち際に立ったときとはまたちがう見え方だ。見えてるのに、遠い感じがする。実際に遠いのだが、実際以上に距離がある感じがする。

「大地、聞いて」と伯母さんが穏やかに言う。「十年続くお店は少ないの。今はよくても、一年先だってわからない。飲食店をやるのが悪いっていうんじゃないのよ。料理人さんなら、まだどうにかなる。でも経営者はそうもいかない。借金が残っておしまい。そうなる可能性は高いの。いいお店ならいいお店であるだけ、その額は大きくなるかもしれない。で、都合よく大地を引きとるあの人が、また都合よく大地を手放さないとは言いきれない。言いきれるほど、わたしはあの人のことを知らないの。ただ、それがわたしの見方にしか過ぎないのは事実。あの人が大地の父親であるのも事実。大地がどう考えるかは自由」

伯母さんが父について触れたのは、それだけ。あとは特に話もしなかった。

晩ご飯何がいい？　何でも。話したのはそのくらいだ。伯母さんは笑った。また何でもなの？　という意味で。

足は何をするためのものかって？　ボールを蹴るためのものだよ。

というようなことをサッカー選手が言ったらカッコいいし、実際、もうすでに世界中の何十人何百人もが言ってるだろう。

もちろん、蹴る、よりも重要な足の役割は、歩く、だ。蹴る、の重要度は、むしろ低いかもしれない。生きていくうえで、歩かなければならない場面は無数にあるが、蹴らなければならない場面はほとんどない。

逆に言うと、人が蹴っていいのはボールぐらいかもしれない。そしてボールを蹴ることの爽快さを人々が知ってしまったからこそ、サッカーはここまで広く世界的に普及したのかもしれない。

なのにその足で、人を蹴っちゃいけない。

それをしたのは、意外にも悟だった。一年の貴臣と並び立つ両エースの一人、悟だ。

ぼくが一番好きな、例のフリーキック練習。それが始まろうとしてた。

いつものように、ぼくは急いで定位置をキープした。左四十五度、ゴールエリアのすぐ外。デルピエロ・ゾーンだ。

ボールをセットし、助走距離をとるべく、三メートルほど後退した。

そのボールを、貴臣がスパイクのつま先でちょんとはじき、自分のボールと置き換えた。そしてそのままぼくのボールをドリブルで二つ隣に運び、セットした。隣には尚人のボールがあったから、もう一つ隣にしたのだ。

貴臣はゴールに目を向けて、言った。

「すんません。ちょっとそこから蹴りたいんで」

「あ、ごめん。いいよ。そうして」とぼくは返した。

どうってことはない。ボールがゴール正面に寄っただけだ。そちらのほうが蹴りやすいという者だっているだろう。

ボールを勝手に動かしてから断りを入れるそのやり方がマズかったのかもしれない。ぼくを見ずに断りを入れたその態度もマズかったのかもしれない。角度がよりキツい左サイドに自分のボールをセットしてた悟が、助走距離をとって立ち止まった貴臣に歩み寄り、いきなりその尻を右足で蹴った。思いきりではないが、ちょっと冗談でもない強さで。いわゆるまわし蹴りだ。

えっ？　と思った。たまたま目を向けてた部員は、みんなそう思っただろう。

「お前、ふざけんな」と悟が言った。

大声じゃないが小声でもない。その声音で、冗談ではないことがはっきりと示された。貴臣はきょとんとした。本当に、悪気はなかったのだ。貴臣らしく、練習に集中してただけで。

悟よりさらに左にボールをセットしてた修介がすぐに駆け寄り、二人に割って入った。「悟さん、蹴りはマズいっす」そしてこう続ける。「おい、貴臣。今のはお前が悪いんだから、五十嵐にチクったりすんなよ」

このとき、五十嵐はグラウンドにいなかった。四時二十分どころか五時二十分も過ぎてたが、用事でもあったらしく、職員室に戻ってたのだ。幸運といえば幸運だった。

要するに、貴臣がぼくの練習より自分の練習を優先させたことに、悟は怒ったのだ。一年が三年にそれはない、と。

「あ、いいよいいよ」と言いながら、ぼくは悟のもとへ歩み寄った。

「よくない」と悟は断じた。「今のはなしだ。大地、怒っていいんだよ。というか、怒んなきゃダメだ。先輩なんだから」

「でも、試合に出る貴臣の練習を優先させたほうが」

「何だよそれ。そんなことないって。試合に出るかどうかなんて関係ないよ」

そのやりとりでやっと気づいたのか、でなきゃ尚人からの目配せでもあったのか、貴臣がぼくに言う。

「大地さん、すいません。おれ、ちょっと失礼でした」

「あ、いや、いいよ。別に怒ってないし。逆に、何か、ごめん。いい場所とっちゃって」

「それで謝るなって」と悟。「大地は何も悪いことないんだから」

「あぁ。うん。ごめん」

「だから、おれにも謝るなよ」

「大地さん、人よすぎ。例えばおれが敬吾さんにやってたら、今ごろ三角絞めですよ。地面に転がされて」

「それですむかよ。三角のあとにパウンドでボッコボコだよ」

　修介と敬吾がそんなことを言い、周りに笑いが起きた。ことはそれで収まった。悟が貴臣と口をきかなくなることはなかったし、部全体の空気が淀むこともなかった。

　でもやはり直後で動揺したのか、ぼくはせっかくのフリーキックをすべて失敗した。三本はキーパーの利実に止められ、二本はワクを外した。自分のメンタルが弱いことを、あらためて痛感した。

　一方、悟は二本を決め、貴臣は三本を決めた。うまい人たちはうまいのだ。メンタルだって強いのだ。心と体をうまく切り離せるのだろう。熱い気持ちで、冷たくプレーできるのだ。

　フリーキック練習が終わると、ちょうど五十嵐がグラウンドに出てきた。

その五十嵐の指示で、今度はシュート練習が始まる。キーパーの利実は、グラウンド隅での個別練習に移った。

「大地！」

ゴールポストのところにいた五十嵐がぼくを呼んだ。

手招きに応じ、小走りにそちらへ向かう。

「はい？」

「またキーパーをやってもらっていいか？」

「はい」

訊かなくてもわかってることを、ぼくは訊く。

「キングはどうしたんですか？」

「来てないな」

「もうずっとですね」

「ああ」

こんなこともあろうかと常にサッカーパンツの後ろのポケットに忍ばせてるブルーのニットグローブを取りだし、両手にはめる。六月だからちょっと暑いが、強いボールを素手ではじくと痛いので、しかたない。

このところ、利実は達成と二人で練習をするようになってる。ゴールキーパーとして、完全に独り立ちしたのだ。だからキーパー同士で練習する。自転車に乗る練習をしてた子どもが補助輪を外したようなものだ。その補助輪がぼく。

一年がゴールのわきからパスを出し、ダッシュしてきた選手がそれをダイレクトでシュートする。いたってシンプルな練習だ。仕組みがシンプルなだけに、強烈なシュートがくる。

ゴールのワクを外れるものもあるが、フリーで打てるので、大方はワクにくる。正面にくるものもある。それは両手ではじく。いいコースに決まるものもある。ぼくのキーパー練習じゃないので、そういうのは追わない。でも軽く跳べば止められそうなものは、実際に跳んで止めにかかる。そのくらいはしないと、シュートを打つ側の練習にならない。

これまでずっとそんなことをやってきたので、ぼくはなかなかいいセーブをする。試合のような緊張感はないから、その分、思いきっていけるのだ。

シュートを止めた相手に、うわっ！　とか、マジかよ！　とか言われると、ちょっとうれしい。練習で止めてもうれしいんだから、試合で止めたら気持ちいいだろうな、と思う。前にも言ったが、サッカーの一点は大きい。とる一点が大きいということは、防ぐ一点が大きいということでもある。

ゴールキーパー。考えてみれば、酷なポジションだ。フォワードはシュートを外してもチームにマイナスはつかないが、キーパーはシュートを決められたらチームにマイナスがつく。もちろん、すべてがキーパーのせいであるはずもないが、最後の砦だから、どうしてもそう見られがちにはなる。気持ちが強くなければ務まらない。

ぼくなんかは、とても無理だ。今はこうして離れたとこから打たれるだけだから楽しく跳んだりもできるが、フリーでボールを受けたフォワードの前に素早く飛び出し、顔をも含めた全身でシュートコースをふさぐなんてことはできない。絶対によけてしまう。もしくは、一応は前に出ましたよ、というような体裁を整えたプレーをしてしまう。

悟。哲。貴臣。三本のシュートを立てつづけに止め、ゴール裏を固める一年たちから、「ナイスセーブ!」「ナイスキー!」「ナイス先輩!」と声がかかる。一年が三年に、何だそのシュート、だの、しっかり打てよ、だのは言えないから、どうしても、止めたぼくをほめる形になる。

ゴールポストに寄りかかって練習を見てる五十嵐も言う。

「試合でキーパー二人がダメになっても、大地でいけるな」

ミスキックでボテボテのゴロになった房樹のシュートをキャッチしてから、返事をする。

「試合では無理ですよ。たぶん、こわくて逃げます」

次いで郷太のシュートがくる。それは決められる。

そして節郎のシュートがくる。それは止める。

ゴンのシュートがくる。ワクを外れる。

尚人のシュートがくる。決められる。

「悪いな。こんなことばかりさせて。大地がいてくれて、ほんと、たすかってるよ」

「いいですよ。キーパー、結構楽しいし」

そう。たまにやるキーパーは、気分が変わって楽しい。

本当はそれじゃダメなんだと思う。気分転換を楽しんでるようではダメなのだ。

でもぼくは、やっぱり楽しみたい。楽しむことを、否定したくない。

利実は、レギュラーどうこうじゃなく、チャレンジそのものを楽しんでるように見える。野球からサッカー。フォワードからゴールキーパー。たまたまそうなっただけで、極端なことを言えば、何でもよかったのかもしれない。自分で納得さえできれば、野球からブラバンでも、フォワードからマネージャーでも。

伯母さんも、きっとそうだったろう。バレーボールをやってた高校生のとき、一気に背が伸びて、スパイカーにコンバートされた。伯母さんなら、そのチャレンジを楽しんだにちがいない。ぼくみたいな練習相手がいたかどうかは知らないが、体育館の隅で、ひたすらスパイクを打ちつづけたにちがいない。

同じように、それから二十余年を経て突きつけられた難題も、楽しんでくれてるといい。妹の息子を引きとって育てるという新たなチャレンジも、せめて楽しんでくれてるといい。

対して、ぼくの今のこれは、チャレンジでも何でもない。が、ただ一つ、楽しんでることは変わらない。

レギュラーにはなりたい。なってみたい。なれなくても、楽しみたい。なれないなら楽しみたい、というんじゃなく、なれなくても楽しみたい。なれなくても同じくらい楽しめるんだぞ、というところで、ぼくはレギュラーと勝負したい。せめてその勝負には、勝ちたい。何だそれ、と、レギュラーの人たちには笑われるだろうけど。

その後、練習終わりには、いつもどおりの締めミーティングがあった。

そのミーティングの最後に、五十嵐はいつもどおりじゃないことを言った。

「ということで、期末考査期間まではあと二週間しかない。で、考査が終わって夏休みに入ったら、もう、すぐに選手権予選だ。練習できる時間は残り少ない。一蹴り一蹴りをムダにするなよ。心して、蹴れ。魂を込めて、蹴れ」

と、そこまではいつもどおり。

「でな。ここからはちょっと個人的なことになるが。一応、言っとく。おれは結婚することにした」

「え?」「は?」「お?」といった声が輪のあちこちから上がる。

「結婚というか、まあ、再婚だな。おれが離婚してることをお前らは知ってるんだから、再婚することも言っとく。相手も相手だしな」

「誰っすか?」と遠慮なしに敬吾。「もももももしかして」

「何だよ」

「いや、別に」

「みどり先生だ。数学科の」

それにはざわめきが起きる。

「うーわ、やったよ」と敬吾が言い、

「マジだったんすか?」と修介が言う。

「マジだったって。知ってたのか?」

「知ってたも何も」と修介。

「バレバレですよ」と敬吾。「逆に、隠せてるつもりだったんすか?」

披露宴は七月にやるつもりだと五十嵐は説明した。選手権予選の試合の直前という変な時期になってしまうが、双方の親族の事情や披露宴会場の都合でそうなってしまった。だから本当に申し訳ないが、その日曜は練習をなしにしてほしい。と。

「何でジューンブライドじゃないんですか?」と修介が意味不明な質問をし、

「遠慮したんだよ。二度めだから」と何故か敬吾が答える。

「やかましい」と五十嵐。

「ひょっとして、できちゃった再婚、ですか？」と、これは哲。

「ちがうよ。そうじゃない」

日曜の練習をなしにすることを早めに伝えておくという意味もあるにはあったはずだが。真乃に言わざるを得なかったから、五十嵐はもうみんなにも明かしてしまうことにしたのだろう。

今日も選手たちの後方にいる真乃を、それとなく見る。

いつもと変わらない、ごく普通の笑顔だ。横にいる桃子と未来同様、初めて聞いて驚いた、という感じ。でも事情を知るぼくには、それがちょっと痛々しく見える。五十嵐には、ぼく以上にそう見えるだろう。

「まあ、とにかくそういうことだ。一応、報告しとく。だからって浮ついた気持ちで練習を見たりはしない。それは約束する。みんなも気合を入れて練習に打ちこんでくれ。以上。解散！」

練習終了後の部室は、当然のように、五十嵐とみどり先生の話題で盛り上がった。みんな、気合を入れてその話に打ちこんだ。

「三十前に二度めの結婚かよ」とまずは敬吾が言う。「しかも相手も教師ときたら、子どももまちがいなく教師だな」

「みどちゃんもみどちゃんだよなぁ」と哲。「何で五十嵐かなぁ」

「五十嵐が妥協させたんだろ。自分ではしないくせに、人にはさせたんだよ。うまくやったよな。木を見て森も見やがった。森のなかから一番きれいなバラを選びやがった」

「バラって森にあんの？」

「あるだろ」

「花屋にしかないのかと思ってた」

「じゃ、花屋の前はどこにあんだよ」

「花屋のバラは」と、珍しく節郎が口を挟む。「ほとんどが園芸栽培じゃないのかな」

「そうなんだよ」と敬吾が受ける。「だからこそ、職員室って森で育ったみどちゃんは貴重なんだよ。そんな奇跡の一本が、まさか五十嵐に引っこ抜かれるとは」

「あーあ、みどちゃんはおれと結婚すると思ってたんすけどね」と修介。「さらば、みどちゃん。アディオス、みどちゃん。フォーエバー、みどちゃん」

　悟が貴臣を蹴った一件は、それでうまい具合に忘れられた感じになった。たまたまとはいえ、よかった。真乃のことを考えたら、一概にそうとも言えないけど。

　いや、でもやっぱり、よかったのかな。

その真乃とは、たまには一緒に帰るようになってる。本当に、たまに。せいぜい週一程度。

といっても、自分から誘ったりはしない。この日もそう。真乃に誘われた。部室を出たあとにバッタリ、とかじゃなく、制服に着替える前、部室に向かってるときに、一緒に帰ろ、とわざわざ声をかけられたのだ。

五十嵐の電撃再婚発表を受けて、何か少し話したいんだろう、と思った。話はそれじゃなかった。五十嵐の名前も出るには出たが、それは新郎としてじゃなく、あくまでも監督としてだった。

「キング」校門を出て通りを一つ渡ったところで真乃は言った。「やめちゃうんだって」

「え?」

「監督にそう言ったらしいよ」

「そうなの?」

「うん。言ったのは結構前みたい」

「五十嵐、さっき練習のときにはそんなこと言ってなかったけど」

「何て言ってた？」

「キングはどうしたんですか？　って訊いたら、来てないなって」

「まだ正式には退部を認めてないってことなのかも」

「でもそうなったら、認めるも認めないもないよね」

「大地は、キングとＬＩＮＥとかしてる？」

「いや。メッセージを出しても反応がないから、最近はしてない。部とちょっと距離をとりたいのかと思って」

「尚人もそんなこと言ってた。部のみんなと、そうなんだね」

「まあ、しかたないのかな。誰のせいでもないよ。利実は、やっぱりうまいし。五十嵐の判断がまちがってたとは言えないよね、結果を見たら」

「それはそうなんだけど。残念だよね、あと一ヵ月なのに。堅のあとは、もう退部者を出したくなかったよ。せめて三年からは」そして真乃は言う。「でも、やめる人のことよりは、いる人のことを考えなきゃね」

「もしかして、悟と貴臣？」

「じゃない。さっきのあれは問題ないでしょ。悟、わざとだよ。大地にはああ言ったけど、悟自身、大して怒ってない。うまく教えたよ、貴臣に。チームのエースがそんなんじゃダメだぞって。大地をつかって」

「おれは、つかわれたのか」

「つかわれたっていうのは言葉がよくないか。でも、いいことにつかわれたんだよ」

「じゃあ、いいや」

「いいのかよ」と真乃が笑う。

つられて、ぼくも笑う。

「でもさ、悟と貴臣じゃないなら、いる人って誰？」

「郷太」

「郷太」

「あれから、ちょっと浮いちゃってない？」

あれから。練習試合のハーフタイム中に守備をやるやらないで貴臣と言い合いになってから、ということだろう。もう二週間以上になる。取り立てて問題は起きてない。

でも、真乃の言うこともわかる。しっくりはきてない。ぎこちなさは残ってる。郷太自身は普段からあまり人とつるまない。そのうえああなったことで、周りのみんなも近づけない。郷太を遠ざけはしないが、近寄れもしない。

「郷太はあんなだから、全然気にしてはいないのかもしれないけど」

「うん」と言ったところで、制服のズボンの前ポケットに入れてあるスマホの着信音が鳴った。震えもした。その音と振動は、電話だ。

着信音は真乃にも聞こえたはずなので、取りだして画面を見る。

〈平野〉

一応、登録はしておいたのだ。かかってきたときに誰からかわからないのは不便だから。ただ、大也まで登録するのは歓迎してるようで気が引けたので、名字のみにしておいた。

真乃の手前、出るか出ないか迷った。が、かかってきた電話に出ないのも変だ。あとでこちらからかけ直すのもよくない。相手が相手だけに、よくない。

ちょっとごめん、と真乃に断り、出た。

「もしもし」

「もしもし、大地か？」

「うん」

「わかるよな？　お父さんだ」

「わかるよ」と返すその声が、いくらか無愛想になる。

「こないだは、来てくれてありがとうな」

「うん」

「今、話せるか？」

「少しなら」

「突然電話して、すまないな」

突然じゃない電話なんてないよ、と言いそうになるが、言わない。

それにしても、妙なタイミングだ。ファミレスで会ってからは、十日近くが過ぎてる。だからもう電話はないだろうと思ってた。ぼくからかかってくるのを待ってた、ということなのかもしれない。その待ちの期間が、父のなかで終了したのだ。かかってはこない、という結論をもって。

「で、何？」

「こないだ言ったこと、あれは本気だから」

「あれって？」

「大地を引きとりたいって言ったことだ」

「あぁ。うん」

「大地はどうだ？」

答えない。

「いやか？」

「いやかどうかわかんないよ。いきなりすぎて」

「そうだな。いきなりすぎるよな」

それじゃダメだと思い、自分から言う。

「でも、いやかな。いやっていうか、今のままでいいよ。不満なんてないし」

「伯母さんは、よくしてくれるか？」

「してくれるよ」

「そうか」

「すごくよくしてくれる」

「ならよかった。でも、おれは大地を引きとりたい。宮島さんのためにも、なんてことはもう言わない。大地のために、なんてことも言わない。おれ自身のために引きとりたい。一緒に暮らしたい。自分でも勝手だと思うよ。大学の学費もおれが出したい。都合がいいと言われるのはしかたない。それでも出したいよ」

　そして父は黙った。二秒が過ぎ、三秒が過ぎる。返事を待たれてる。

　電話での沈黙は長い。実際に顔を合わせてるときの二倍、いや、三倍は長い。気のそらしどころがないからだ。そのせいで、電話だと、沈黙を破るためだけに、思ってもいないことを言ってしまう場合がある。ふと頭に浮かんだだけのことを、つい口にしてしまう場合がある。例えばこんなふうに。

「大学は、私立でもいい？」

「もちろん。私立でもいいよ。何なら医学部でもいいし、外国の大学でもいい」

「そんなことは、考えてないよ」

「例えばの話だ」

「理数がダメだから医学部は無理だし、留学とかに興味もない」

「法学部でも経済学部でもいいよ。防衛大でも体育大でもいい。どこであれ、大地が行きたいとこに行けばいい」

「体育大は、特に無理。部でもレギュラーじゃないくらいだから」

「そうか」

「そう。三年で一人だけレギュラーじゃない」

「そういうこともあるよ。いや、そういう時期もあるって言うべきかな。ずっといい時期を過ごせる人なんていない」

わからない。ずっといいときを過ごす人はいるような気がするし、ずっとよくないときを過ごす人もいるような気がする。

「とにかくお父さんの気持ちはそうだ。大地と一緒に暮らしたい。お父さんの相手な、カキウチヒデヨさんていうんだけど、そのヒデヨさんもそれでいいと言ってる。そうしたいと言ってくれてる。それだけは、あらためてきちんと伝えておきたくてな」

父はカキウチヒデヨさんの漢字まで説明した。垣内英代さん、だそうだ。

聞いたところで、どうしようもない。そこでもやはり黙ってしまう。

「お父さんが大地にケータイ番号を訊いたこと、宮島さんは知ってるのか？」

迷う。うそはつきたくない。だから言ってしまう。

「いや。知らないよ」

「そうか。でも言ってくれてかまわないよ。こうしてお父さんが電話をかけたことも、言ってくれてかまわない。そこは大地にまかせるよ。悪かったな、時間をとらせて。ほんと、店に一度ご飯を食べに来てくれよ。何でもごちそうするから。何なら友だちを連れてきてもいい。前もって言ってくれれば、何人連れてきてもいい」

行けたらね、くらいのことは言おうかと思ったが、とどまった。

「うん。じゃあ」と早口でごまかす。

「じゃあ、また」と父は言う。

ファミレスの前で別れたとき同様、今回もまたが付く。前回よりは自然に付く。

何か手応えのようなものを与えてしまったんだろうか。そう思いながら電話を切り、スマホをポケットに戻す。

電柱のわきに立ち、暗くなってきた空を眺めてた真乃がぼくを見る。

気をつかって少し離れてくれてたんだな、と気づく。

部でもレギュラーじゃないくらいだから、なんて言っちゃったな、と思う。三年で一人だけレギュラーじゃない、なんてことまで言った。聞かれちゃったろうな、たぶん。

ごめん、と言って、歩きだす。

今の電話について、真乃は何も訊いてこない。

それはそうだろう。ぼくらはそういう関係じゃない。サッカー部の一部員と一マネージャー。あとは、同じ団地の住人。それだけの関係でしかない。二つもあるんだから、見ようによっては結構な関係だとも言えるけど。

「えーと、宮島くんは、私立文系ということで、よかったのかしら」

と言う担任の秋月(あきづき)先生に、ぼくは言う。

「あの、国立にしようかとも、思ってるんですけど」

「え、そうなの？」と言うのは伯母さんだ。

六月の保護者面談。生徒と保護者と担任教師、三者で進路の最終確認をするための面談だ。必ずしも三者である必要はなく、生徒の側が希望すれば両親がそろって臨むことも可能だという。現に、教育熱心な家庭だと、働いてる父親なり母親なりがわざわざ有給休暇をとって加わることもあるらしい。

宮島家の場合はそれとももまたちがうが、伯母さんが有給休暇をとった。ウチのような事情があれば面談は土曜日にしてもらえるのだが、伯母さんはそれを望まず、あえて有給休暇をとったのだ。

　教室に三つの机を三角形に並べてこしらえた面談席。伯母さんとぼくが並んで座り、その向かいに秋月先生が座ってる。

　秋月先生は国語科の教師で、四十歳。伯母さんより八歳下だ。確か小学生の娘が一人いる。

「じゃあ、第一志望は国立文系に変更、ということでいいのかな」

「はい」

「何でよ」と伯母さんに訊かれる。

　思いだす。三年前、中学での面談のときも、この感じになった。ぼくがいきなり、受験する公立高のランクを下げると言いだしたからだ。

　今回は、私立から公立。形はちがう。意味合いは同じだけど。

「理数は苦手でしょ?」と伯母さんがなおも言う。「だから私立にしたんじゃない」

「そうだけど。何か、ここは行きたいって学校がなくてさ。そんなら国立でいいかと思ったんだ」

　何だ、その理由。弱い。まちがいなく、伯母さんもそう思ってる。そんな目でぼくを見てる。だから付け足す。

「あと、ほら、ここと同じで、近いし」

そう。近い。この県の国立大は、みつばから三駅のところにある。

「数学と理科の勉強はしてるの？」と、秋月先生がもっともな質問をしてくる。

「します。これから」と、ズルい答え方で逃げる。

「これからって、間に合うの？」と伯母さん。「ただでさえ苦手なのに」

「宮島くんは、こないだの中間考査が文系クラスの二百三十八人中五十二番だから、今のままでは、正直、国立は厳しいかもしれない。理数科目を加えたら、順位はもっと下がるだろうし。例えば浪人してでも国立に行きたいとか、そういうこと？」

「いえ。できれば現役で行きたいです。いや、できればじゃなく、絶対に」せっかくそう言ったのに、こんな言葉を足してしまう。「という気持ちでいます」

「うーん」

　秋月先生は考えこむ。慣れた手つきで素早く黒縁メガネを外し、ぼくの成績表の上に置く。で、それをまたすぐに机上の空きスペースに置き直す。

「リスクは大きいと、先生は思うかな」

　ぼくもそう思う。理数科目の勉強に時間を割くことで、文系科目にあてる時間は減る。そこは単純にそうなる。部活で手を抜いたからって、その力を受験勉強にまわせはしない。それとは話がちがう。

「お母さまは」と言ってしまったあとに気づいたらしく、秋月先生は成績表に目を落とすことで少し間をとってから、それとなく言い直す。「伯母さまは、どうお思いですか？」

「今聞いたので、ちょっと何とも。でも、やはり先生に賛成です。スタートからそのつもりでかかっておかないと、ちょっと厳しいかと。途中で国立から私立に変更というならわかりますけど、私立から国立にというのは」

「ですよね」と、いくらかほっとした様子で秋月先生が言う。

伯母さんが、せっかく子どもがやる気を出してるのにどうして厳しいとか言うんですか、などと食ってかかってくるモンスターでなかったことに安堵（あんど）したのかもしれない。

「それを聞いて、宮島くんはどう？」

「うーん。でもやっぱり」

あえて尻すぼみにする。最後までは言わない。意を汲（く）みとってほしい。

「今からそうするのは大変だっていうことは、理解してるわね？」

「はい」

「だったら」と言い、伯母さんもぼく同様、その先を飲みこんでしまう。

汲みとろうとするまでもない。意は容易に伝わる。水が流れこむように、伝わってくる。だったらよしなさいよ、だ。

三人が三人とも、黙ってしまう。教室が広い分、沈黙は重い。

それを破るのは秋月先生だ。

「サッカー部の五十嵐先生がね、よく言うのよ。大地はやれる子ですよって。人のために努力できるところがすごいって。それを聞いて、先生、感心した。感心したし、うれしかった」

人のために努力。何のことだろう。試合中にベンチで応援することだろうか。レギュラーの練習相手として、ディフェンダーをやったりキーパーをやったりすることだろうか。

「ただね、受験は、ほかの誰のためでもなく、自分のためにするものなの。受かれば周りは喜んでくれるし、落ちれば悲しんでもくれるけど、だとしても、周りのためじゃなく、自分のために努力できるかどうかなの。それも、わかる？」

「はい」

わかる。野球からサッカーへ、フォワードからキーパーへ転向したあの利実を見てるんだから、わかる。

ぼくの成績表を手に、秋月先生は言う。

「まあ、でも宮島くん、生物とか数Ⅰの成績は悪くなかったのね。物理とか数Ⅱになると、ちょっと苦戦したみたいだけど。文系科目の成績は落とさずに、理系科目を底上げする。それが最低限になるのかな」

「はい」

「それでも、先生はやっぱりリスクを避けるべきだと思うけど」

はい、とは言えないので、そこは小さくうなずくだけにとどめる。

「あとは、宮島くんのがんばり次第」

「はい」

秋月先生は、次いで伯母さんに言う。

「お二人で、もう一度よく話し合ってみてください。すぐに期末考査ですから、その結果と、あと夏の模試の結果を見てから決めてもいいと思います。ただし、そこがぎりぎりだとも思います」

「わかりました。話し合ってみます」

話し合ってはいたのだ。私立文系、ということで。ぼく自身、それが妥当だと思ってたから、実際には話し合うまでもなかった。確認し合っただけだ。確か、総体の試合の日の朝に。

でも、あれこれあって、何か揺れた。今も揺れてる。真乃に話したことで、国立は現実味を帯びた。わたしも国立にしようかなぁ、と真乃は言った。それ以来、そのことは話してない。青春モノに出てきそうな幼なじみみたいに、一緒に国立に行こうよ、なんて約束もしてない。冬の国立は無理だから大学は国立に行こうよ、なんて冗談も口にしてない。

夜、フトンのなかで、一人考えただけだ。

結局どうするべきなのか、よくわからない。よくわからないままに、言ってしまった。

まったくの思いつきでだ。本当に、面談が始まるまで、そんなことを言うつもりはなかった。でも秋月先生と向き合ってるうちに、気が変わった。それこそ、言うなら今がぎりぎりだと思ったのだ。

だからこんなふうに、伯母さんに不意打ちを食らわす形になった。もちろん、わざとじゃない。グレる強さがないぼくには、わざとそんなことができる強さもない。

そして。それを言ってしまったのだから、もうこれも言ってしまおうという気になった。

「あの、先生、ちょっと訊きたいんですけど」

「ええ。何？」

「もしぼくがアルバイトの申請を出したら、許可されますか？」

「アルバイトって、今から？」

「はい。といっても、仮にですけど」

「ちょっと。何言いだすのよ。受験じゃない」と横から伯母さんが言う。

「受験だけど。仮に」

「今ここではっきりとは、言えないわね。そういうのはケースバイケースで、明確な基準があるわけじゃないから」

「でも、出ますよね？　許可」

片親なんだから出ますよね？　そう尋ねたつもりだった。秋月先生にもそれは伝わっただろう。同じく伯母さんにも、伝わってしまったろうけど。

秋月先生は否定しなかった。たぶん、許可は出る。父子家庭の郷太のとこで出てるのだ。ウチで出ないわけがない。保護者が父親じゃなく、母親ですらない、宮島家で。

「仮にの話は、しないでおきましょう」と秋月先生はやんわり言う。「事情はいろいろおありだと思いますので、そういうことも含めて、ご家庭でもう一度話し合ってみるようにしてください」

「そうします」と伯母さんが返事をする。

「宮島くんも、落ちついて、じっくり考えてみるようにね。のんびりしてちゃダメだけど、まだあわてる必要はないから」

「はい」

「ではそういうことで。この辺で、よろしいでしょうか」と秋月先生が言い、

「はい。どうもありがとうございました」と伯母さんが言う。

定期考査期間とはちがい、保護者面談の週でも部活は行われる。生徒は自分が割り振ら

れた時間だけ抜け、面談が終われば活動に戻る。

でも今日は月曜なので、サッカー部の場合、練習そのものがオフ。だから伯母さんと二人、歩いて帰ることになった。

伯母さんが駅前の大型スーパーで買物でもしてってくれればいいと思ったが、伯母さんはしてってくれなかった。といって、ぼく自身がどこかへ寄ると言いだすこともできない。

みつば高校からみつば南団地まで。気まずい二十分だった。伯母さんが右を見れば、ぼくは左を見る。伯母さんが空を見れば、ぼくは路面を見る。そんなふうに歩いた。

話は家に帰ってからするのかな、と思いかけたところで、伯母さんが口を開く。

「言っといてほしかったな。国立のことも、アルバイトのことも」

責めてる感じではなかった。悲しんでる感じだ。ちょっと意表を突かれた。

ただ、やはり怒ってもいた。そんなときほど、伯母さんの口調は平板(へいばん)なものになる。その段階を超えると、父と面会したときのようになるのだ。まあ、あそこまでいったのは、あのときの一度しか見たことがないけど。

「前にも言ったわよね。受験でなくても、アルバイトなんかしなくていいのよ」

「うん」

「何かほしいものでもあるの？」

「いや。そういうんじゃないけど」

ないけど。バイトぐらいは、するべきであるような気がしたのだ。レギュラーの郷太でさえバイトをしてるのに、レギュラーじゃないぼくがしないのもおかしいような気がしたのだ。そんな気は、もう、ずっとしてるのだ。何というか、役に立たないのは、いやなのだ。バイトをすれば、たとえ私立に行くことになっても、少しはその埋め合わせができる。本当に少しとはいえ、役に立つことができる。

尚人と行ったハンバーガー屋で、帰りがけにそれとなく確認もした。出入口のわきにバイト募集の貼り紙があった。高校生可、と書かれてた。週一でもオーケーとわざわざ書かれてはいなかったが、時間は応相談、と書かれてた。

「じゃあ、ウチの家計が苦しいように見える？」

「見え、ない」とそこは正直に言った。

「別に楽ではないけど、苦しくもない。もっと言えば、大地と二人で暮らしていくぐらい、どうにでもなるの。私立の大学にも行かせる。行きたければ大学院にだって行かせる。そのくらいのことは考えてる。だから大地はそんなこと考えなくていい。アルバイトなんかしなくていい。させない」

前回は、ダメに決まってる、という言い方だった。それが今回は、させない。はっきりした不許可。禁止だ。伯母さんの意思による、禁止。

「わたしが大学生のころは、私立の学費は国立の倍ぐらいだったの。だからわたしは奨学金をもらって国立に行った。でも今は、そこまでの差はないの」

「七割ぐらいだよね。国立は私立の」と、ネットで調べたことを言う。

「ええ。その程度のちがいのために、大地に負担をかける気はない。大地は、私立国立を問わず、行きたい大学に行けばいい。そのための努力だけを、すればいい」

こないだの電話で、父も同じことを言った。父のもとへ行けば、つまり平野大地に戻れば、伯母さんに迷惑をかけなくてすむ。そんな気持ちが少しある。少しだが、どうしても、ある。

父とは五歳までしか一緒に暮らしてない。暮らした実感もない。ぼくらは実の親子、というだけだ。そうだとぼくが知ってる、というだけのこと。血のつながりなら、伯母さんとだってある。なのに、考えてしまってる。父に引きとられてもおかしくはないのだと、考えてしまってる。そしていつの間にかむしろ引きとられて当然だと思いこんでることに気づき、はっとするのだ。

今ここで父を受け入れてしまったら。ぼくが五歳のときから十二歳のときまでの母のがんばりは何だったのかということになる。それをぼく自身が否定してしまうことになる。ものわかりのよさそうな大人なら、そんなことはないよ大地くん、と言うんだろうけど、そんなことはなくない。そこは切り離して考えればいいんだよ大地くん、とも言うんだろうけど、切り離しては考えられない。

ただ、それでいて、伯母さんに迷惑をかけたくもない。

大地を一人にはしません、と伯母さんは父に言った。言ってくれた。うれしかったことはうれしかった。でも逆にこうも思ってしまった。やはりぼくの存在が伯母さんの結婚を阻（はば）んでるんじゃないのかと。この五年、ずっと阻んできたんじゃないのかと。

似たようなことを父に言われ、伯母さんは否定したが、それは、そんなことをあなたに言われたくない、という意味での否定だった。指摘された内容自体は認めてしまったようなものだ。

これが三年前、中学のときだったら、ここまでは考えなかっただろう。でも今は考えてしまう。中高と五年にも及ぶ伯母さんとの生活を経た今だからこそ、考えてしまう。考えて、混乱する。混乱し、あせる。あせり、例えば保護者面談で突拍子（とっぴょうし）もないことを言いだしてしまう。

そのときはそれでいいと思ってるのだ。本当に。でもたかだか十分後には、何であんなこと言ったんだろう、と思う。ぼくはだいじょうぶなのか？　どこかに欠陥があるんじゃないのか？

真乃とブランコに乗った、みつば第二公園。その横を二人で通りかかる。

公園に人はいない。ブランコは止まってる。微動だにしない。

伯母さんが言う。

「わたしと育子はね、何ていうか、チームなのよ。育子がああなったから、わたしが大地を引きとる。それは当たり前のことなの。でね、わたしは大地を引きとるときに決めたの。この子に経済的な苦労はかけないって」

あぁ、そうなんだよな、と思う。ぼくは母を亡くしてるけど、この人だって妹を亡くしてるんだよな。初めてそんなふうに思う。理屈ではわかってたはずなのに、今初めて、そう感じる。結局、自分の立場からしかものを見てないんだ、ぼくは。

いや、そんなことはないだろう、と思い、いやいや、そうだろう、と思う。また混乱する。混乱し、また突拍子もないことを言ってしまう。

「大学、全部落ちたらさ、そのときは就職するよ。働く」

伯母さんがぼくを見る。怒りよりも悲しみを増した目で。

「あのね、全部の大学に落ちたとわかるのは、二月か三月でしょう? その時期からだと、きちんとしたところには就職できないの。それに、働くことはそんなに簡単でもない。大学に落ちたから働く。そういうことは、なるべくしないほうがいい。それってね、今大地が思ってるより、ずっと大事なことなの。どうしても国立に行きたいっていうなら、浪人してもいいのよ。現に国立は浪人して入ってくる子も多いみたいだし。もちろん、私立だけを受けて全部落ちたとしても、浪人はすればいい。もう一度がんばればいい。それだけのことよ」

でもそれじゃ意味がないのだ。だったら、浪人なんかしないで初めからランクを落とした私立に行くべきだろう。

伯母さんにそう言われたことで、一つのことがはっきりと決まる。第一志望が国立であれ私立であれ、浪人だけはするまいと。

「大地」

「ん？」

「どうしても国立に行きたいわけじゃ、ないんでしょ？」

並んで歩く伯母さんを見る。伯母さんはぼくを見てない。前を見てる。

答えずにしばし待つも、伯母さんは先を言わない。疑問形ではあったが、疑問ではない。答はわかってるのだ。

前方にみつば南団地が見えてくる。

伯母さんがぽつりと言う。

「ねぇ、そんなにわたしに迷惑をかけたくない？」

何故だろう。ひどく悪いことをしたような気分になる。グレるよりもっとタチが悪いことをしたような気分になる。

キングが停学になった。喫煙してるところを見つかったというのだ。

その話は、たった一日で三年A組からH組まで全教室を駆け巡った。ほかの階、二年生や一年生のあいだでも、まあ、似たようなものだろう。学校中あらゆるところで、いつも以上にスマホの電波が飛び交ってたにちがいない。

そんな話の常として、くわしいことは不明。ハンバーガー屋の喫煙席でタバコを吸ってて見つかった、というようなことらしい。制服姿でそうしてたという話もあるし、店の外を歩いてた警察官にガラス越しに見られたという話もある。何が事実なのかよくわからない。キング自身が学校に来てないから。

停学。しかも三年のこの時期に。重い。まちがいなく、受験に影響するだろう。内申書にその事実が記載されてしまうだろう。マズいよ、キング。一試合に五点とられるどころじゃない。レギュラーを奪われるどころじゃない。

喫煙が見つかったのは、キングが五十嵐に退部を告げたとされる日よりもあとだ。だから部に問題はないだろう。

と思ったら、甘かった。

火の粉は部にも降りかかってきた。もろに降りかかってきた。言うなればサッカー部は、いまだ火元だったのだ。

あろうことか、五十嵐はキングの退部手続きをとってなかった。キングの口から退部の意思を告げられてはいた。でも翻意する可能性があると思ってたため、何もしてなかったのだ。怠慢といえば怠慢。善意に満ちた、怠慢。

それが災いした。キングは元部員でも何でもない。現サッカー部員なのだ。そのサッカー部員の喫煙が発覚。それはマズいでしょ、という話になる。

実際、そうなった。サッカー部の高校選手権大会予選への参加が微妙になったのだ。

キング喫煙の件があっという間に広まったので、五十嵐は、翌日にはもう部員を集めてそのことを説明した。予選への参加が微妙になってると、ぼくらに正直に明かした。まだ決まったわけじゃないがそうなる可能性はある、と。

「ウチらレベルで辞退してもしかたないんじゃないすか？　県代表になるようなとこならわかるけど」

そう言った敬吾に、五十嵐はこう言った。

「強いチームだとか弱いチームだとか、そういうのは関係ない。弱いチームならタバコを吸ってもいいのか？　おかしいだろ、それは」

「でもキングは部をやめるってはっきり先生に言ったんだから、手続きはとってなくても、問題はないんじゃないですか？」

そう言った尚人には、五十嵐はこう言った。

「理屈はそうなんだけどな。でも、そういうのはあと付けの理由ととられることもあるんだ」

五十嵐がこうしてぼくらに説明してるということは、もうすでにそうとられてるのかもしれない。いやな言葉で言えば、もみ消そうとしてると。

その日から、とりあえず練習はなしになった。どうなるか決まったわけじゃないから、停止ではない。あくまでも自粛だ。だから、ぼくらまで何をしちゃいけないということはない。ただ放課後に練習をしないだけだ。で、たぶん、そのまま期末考査期間に突入する。オフまたオフだ。大会も近いのに。

これは痛手だった。キング自身もマズい。でもサッカー部もマズい。やっと連係もスムーズになってきた。チームとして上向きになってた。本当に、もったいない。

みんな、見かけは淡々（たんたん）としてた。まあ、しかたない、という感じだ。貴臣一人が怒ってた。ウチら関係ないじゃないですか、と。ウチらが練習しないことに何の意味があるんですか、と。

確かにそのとおりだ。この手の連帯責任は、いつも不思議に思わされる。

中学のときも、似たようなことがあった。

そのころは、登下校時の買い食いは禁止と校則で決められてた。それはわかる。みんな、学校から歩いてせいぜい十五分のとこに住んでるんだから、行き帰りに買い食いする必要はない。

そしてぼくが三年のときに、二年の部員がコンビニで買い食いした。近所の人が通報したのか何なのか、それが学校にバレ、サッカー部は一週間の活動停止になった。

いい休みだとばかりに、部員たちはちょっと喜んだ。ふざけたことしやがって、と怒る三年もなかにはいたが、それは、二年のくせにふざけたことしやがって、という意味だった。その三年も、練習がなくなること自体は歓迎した。買い食いした二年はほかの部員たちに謝ったが、特になじられたりはしなかった。それはそれで幸いだった。大して強くもない運動部なんて、どこもそんなものだと思う。

今と同じくレギュラーじゃなかったぼくも、喜んでその休みを受け入れた。一週間ごとに四、五人が買い食いすれば、それで丸々一ヵ月練習はなくなるってことだな、なんて考えたりした。

でもそれとは別のところで、疑問には思った。部員が買い食いしたからといって、何故サッカー部の活動が停止になるんだろう、と。

彼はサッカー部員である前に、生徒ではないのか。サッカー部の前にくるのは学校、もしくはクラスではないのか。彼の肩書きを言うなら、まず、何々中学二年何組の誰々、だろう。

それでクラスごと授業停止にするわけにはいかない。もちろん、そうだ。そんなことはすべきじゃない。買い食いしたサッカー部員とは一言もしゃべったことがないおとなしい女子までもが罰を受けるのは変だ。そんな理不尽なことはない。

でも、部活なら停止にしてもいいという理屈がよくわからない。サッカー部なら活動停止で、帰宅部ならおとがめなし。どう考えてもおかしい。部活動はその生徒が好きでやってることだから、罰を与えるならそこを突くべし。結局、そういうことなのだ。一言で言えば、ヤラしい。エロい、にかなり近い意味で、ヤラしい。

その場合、適切な罰は、彼自身の部活動停止だろう。ほかの部員を巻きこむ理由がまったくない。それについて納得させられる理由を、教師たちから聞いたことがない。何故か。そんな理由はないのだ。ほかの部員を巻きこんだほうがその生徒はいやだろう、という発想があるだけ。どんな罰が有効か、というところから話が始まってる。これはちょっと、いや、かなりこわいことだと思う。

当のキングはと言えば。レギュラーから外されて部を休むようになったころから、音楽をやってたらしい。そして五十嵐に退部を告げたのを機に、三年の何人かで構成される、エバーグリーン・バンブーズのコピーバンドに入った。ヴォーカルとして、ほかのメンバーたちに引っぱられたのだ。浜でもぼくらに披露した、あの艶やかな声を認められて。

キングはそのバンドで秋の文化祭に出るつもりでいたという。今回のこれで、それもあやしくなった。サッカー部の活動は停止で本人のライヴ出演はオーケー、とはならないだろう。

要するに、そこだ。

そうやって、社会は広くつながってるのだと教える。という理屈。でもそれでぼくらが本当に教わるのは、社会には妙な理屈をつけて人を縛りにかかる者たちがとても多いのだ、ということ。

浪人はしない。現役で進学する。保護者面談の日にそう決めた。

が、部の練習がないからその時間をすべて勉強にあてられるかと言うと、なかなかそうはいかない。ネットにゲームにテレビにマンガ。数ある選択肢のなかから常に勉強を選ぶのは本当に難しい。五十嵐が前にミーティングで言ったことは当たってる。

でも昼休みなら、ネットもゲームもやれない。テレビもマンガも見られない。

ということで、苦手な理数の勉強をしようと思ったら、酒井くんに話しかけられた。

みつば高のスター。野球部のエース、酒井くん。選択科目である五時間目の日本史Bでは、席が隣になるのだ。

その席に早めに移ってきた酒井くんが言う。

「サッカー部、何かヤバそうじゃん。だいじょうぶなのか？」

「うーん。だいじょうぶ、とは言い難い状況なのかな」

「どっちもヤバそうだよな。サッカー部も、和元も。けど、まあ、和元のほうはしかたないか。自分がタバコ吸ったんだから」

「でも、サッカー部までこうなるとは思ってなかったと思うよ」

「まあな」

「これが野球部だったら、どうなる？　キングは、非難されるかな」

「され、るだろうな。五十嵐は、やっぱ和元のことを考えて、退部扱いにしなかったわけだろ？　内申書とかに退部歴が書かれないようにって。みんな、そのくらいのことは理解するよな」

そのあたりが、中学と高校のちがいだ。さすがに高校生ともなると、少しは教師の立場もわかる。

「それはそうと、大地、受験勉強してる？」

「してなくはないけど、だいぶ遅れてる。あせってるよ、かなり」

「三年になったら、もう中間だの期末だのはやめてほしいよな。受験勉強だけで精一杯だろ」

「みつば高じゃなく、もう、みつば予備校にしてほしいよね」

「ほんと、そうだよ」

「でも酒井くんなら、野球で大学に行けるんじゃないの？」

「行けないよ。というか、おれ、大学で野球やろうとは思わないし」

「え、そうなの？　何で？」

「大学は全国から集まってくるから、その上、さらにその上がゴロゴロいる。おれレベルじゃとても通用しないよ」

「酒井くんも相当上だって話だけど」

「全然だよ。マジで全然。春の大会でウチらが負けた相手、そこのピッチャーがすごくてさ。こりゃ打てないわって思ったよ。球は速いしスライダーは曲がるしで。けどそのピッチャーも、準々決勝ではメッタメタに打たれた。で、そのメッタメタに打ったチームも、次の準決であっけなく完封負け。上には上がいるんだよ」

「でもトーナメントだし、調子の良し悪しもあるんじゃないの？」

「あるだろうけど。たぶん、上に行くやつってのは、悪くても悪いなりにやれるんだよ。そもそも、トーナメントに出てんのに、今日は調子が悪いとか言ってるようじゃダメなんだ。それは調整がヘタってことだから。ここだけの話、おれなんて、あの負けた試合の前の晩は、朝五時とかまでゲームやってたもんな。ヤバいヤバい寝なきゃ寝なきゃって思ってんのに、目が冴(さ)えちゃってさ。そんなんじゃ無理だろ。いつどこでも眠れるようじゃないと」

「それでも、私立の推薦ぐらい受けられるでしょ」

「受けられるとしても、受けないよ。いかにもなことを言っちゃうけど、やらされる野球はつまんなそうだ。ケガするんじゃないかって、ビクビクしながらプレーすることになりそうだし。ケガはしなくても、どこかでいやになるんじゃないかって気がするよ」

レギュラーじゃないぼくとちがうのはもちろん、ただのレギュラーともまたちがう価値観。おそらくは、エースだからこその価値観。

生まれて十八年弱。ぼくにわからないことは本当に多い。同い歳の人のことさえわからないんだから、遥(はる)か上の人たち、例えば伯母さんや父のことなんて、わかるはずもない。

何ミリと表現するほど短くはない坊主頭をサリサリと撫(な)でながら、酒井くんは続ける。

「そういえばさ、和元のあとのキーパー、利実なんだって?」

「あぁ、そう。すごいよ。あっという間にうまくなった」

「あいつ、身体能力は高いからな」

「でも酒井くんにはかなわなかったって言ってたよ。酒井くんは特別だって」

「おれは、何でもこなせる利実のほうがすごいと思うけどね。例えば利実がサッカーに行かないでずっと野球をやってたら、おれはいずれ利実に抜かれるんじゃないかって気がするよ。あの体であそこまで動けるってのは、かなりすごいことだからな」

「利実は、何ていうか、気持ちもあるしね」

「あぁ。もしかしたら、それが一番デカいのかも。気持ちがあるっていっても、キャプテンタイプじゃないんだよな。自分をうまく高められるんだ」

「そうそう」

「普通、野球からサッカーに行かないよな。中三で」

「フォワードからキーパーにも行かないよ。高三で」

「あいつ、気がついたら総理大臣になってたりしてな」

「そうなっても驚かないね。いや、驚くことは驚くけど、信じられない、にはならない。信じられちゃう」

「あとは、反対に、ホームレスとかな」

「それは、どうだろう」

「その生活を楽しんじゃうんだよ」

「あぁ。それならわかる。結果的に、雨に濡(ぬ)れても平気な段ボールを発明しちゃったりするかも」

「そう。マジでわかるわ、それ」

「初めからそのつもりでいたんじゃなくて。結果的にしちゃうんだよね、発明」

「おぉ。ほんと、よくわかってんじゃん、利実のこと」

「キーパーの練習に付き合って、いろいろ話したから」

「でも大地は、キーパーじゃないだろ？」

「ないけど。レギュラーでもないから、何ていうか、いろいろやるんだよ」

「そうか。じゃあさ、たまにはウチにも来て、キャッチャーとかやってくれよ」

「無理無理。酒井くんの球なんて受けられないよ。キーパーだって、実はこわいのに」

補欠として、つまり便利屋として、サッカーから野球へ。斬新だ。

そう思い、ちょっと笑う。

「あと、そう、大地さ」

「ん？」

「シンザワと同じとこに住んでんだって？」

「シンザワって、真乃？　ウチのマネージャーの」

「そう。その新沢」

「住んでるよ。同じ団地」

「新沢って、カレシとかいんの？」

「さあ。いないと思うけど」そしてつい訊いてしまう。「どうして？」

「いや、ほら、あいつって、何かいいじゃん。ムチャクチャかわいいっていうんじゃないけど、何かいいよ。裏表がなさそうで」

「それは、ないかもね。おれも、そんなに知ってるわけじゃないけど」

「去年同じクラスになってそう思ったよ。けどサッカー部のマネージャーだから、尚人とか悟とか、その辺が好きなんだろうとも思ってた。そういうわけでも、ないんだ?」

「えーと、たぶん」

「そうか。ならよかった」

ならよかった。カレシがいないなら、よかった。尚人とか悟とかが好きでないなら、よかった。

よかったけど、よくないよ。それはちょっと、よくないよ。

よりにもよって、酒井くん。さすがは野球部の、いや、みつば高のエース。目のつけどころがいい。

真乃が一歩遠のく。一歩どころか、二歩も三歩も遠のく。みつば南団地D棟の三〇二号室と四〇四号室。寝起きする場所は、ほかの誰よりも近いのに。

この酒井くんにキューピッドを頼まれたらどうしよう。ご近所さんということで、真乃への橋渡しを頼まれたら。ぼくはきっと断れない。桃子からの頼みは断らないのに酒井くんの頼みを断るのは変。そう考え、引き受けてしまうはずだ。そして身をよじりつつ、キユーピッドとしての役目を果たそうとしてしまうだろう。

そう。まちがいなく、身はよじる。というか、すでに心のなかではよじってる。

はっきりと自覚する。認めざるを得ない。もうごまかせない。

ぼくは、真乃が好きだ。

なのに、言ってしまう。ひどく上ずった声で。

「あのさ、もし何なら、話してみようか？」

「ん？」

「真乃姉さんに」

「あぁ。いいよ。別にそんなことを頼むつもりで訊いたわけじゃないんだ」

ストライク。今一番聞きたかった言葉がきた。ほっとした。

下々の期待に応えられる男。酒井くん。それでこそ、エース。

前に父と会ったのはファミレスでだった。父が住む世田谷区とぼくが住む蜜葉市の中間地点にあるファミレスだ。
でも今回、伯母さんはその人を蜜葉市に呼んだ。みつば駅前と国道沿いとに一つずつあ

るファミレスに、じゃない。みつば南団地D棟の四〇四号室に呼んだ。

それだけで、関係の近さがわかる。伯母さんと父は遠かった。伯母さんとその人は近い。

田崎康雄さん、というのがその人だ。年齢は四十八。伯母さんと同じ。大学も同じだったらしい。そこで知り合ったのだ。今から三十年前に。

大地に会わせたい人がいるの。金曜日の夜に伯母さんにそう言われた。午後十一時。仕事を終えて帰ってきてすぐにだ。父のときも似たようなことを言われたな、と思った。あのときは、会わせたい人がいる、じゃなく、大地に会いたいっていう人がいる、だったけど。

しばらく部の練習がないこととその理由は、伯母さんに話してあった。元部員、のはずだった現部員の喫煙が発覚して、練習を自粛することになったのだと。

おかしな話ね、というのが伯母さんの感想だった。そう言ってくれて、ちょっとうれしかった。連帯責任は当然、と伯母さんがとらえなかったことにほっとした。

あさって日曜の午後、だいじょうぶ？　と伯母さんは言い、うん、とぼくは言った。伯母さんはその場ですぐに電話をかけ、相手にその旨を伝えた。夜の十一時すぎに電話。メールじゃなく、電話。そこで早くも、関係の近さを感じた。

田崎康雄さん。わたしがお付き合いをしてる人。伯母さんはそう説明した。平たく言えばカレシだ。ぼくがそう言うと、伯母さんは照れくさそうにこう返した。まあ、そうね。そう言っちゃうとわたしがカノジョってことになるから、そうは言わないけど。この歳でカノジョでもないでしょ。

そして今日、日曜日の午後二時に、田崎康雄さんはやってきた。サインとコサインとタンジェントがまとめてこの世からなくなればいいのに、と思いながら、ぼくが苦手な数学の勉強をしてたときにだ。

その田崎さんを見て、あっ！　と声を上げそうになった。よく覚えてたな、と自分の記憶力に感心した。

小さなレンズの丸メガネ。それで気づけたのだろう。田崎さんは、五月にあった総体予選の試合を観に来た人だった。部員の誰かの父親だろうと思ったものの、結局誰の父親かはわからなかった、あの人。誰の父親でもなかったわけだ。ぼくの関係者だったんだから。

「初めまして。田崎康雄です。製紙会社で働いてます。新聞とか本とかカタログとか、そういうものにつかう紙をつくる会社です。絹子さんにはお世話になってます」

その初めましてで、田崎さんが自分の観戦にぼくが気づいてないと思ってることがわかった。だからぼくもそのことには触れず、同じ言葉を返した。

「初めまして。えーと、大地です」

間近に見る田崎さんは、ごく普通の四十八歳男性だった。伯母さんが四十八歳よりは若く見えるのに対して、まあ、その年齢どおりに見える。特に太ってはいないが、やせてもいない。四十八歳なりに肉は付いてる。よく見れば白髪も交ざってる。

ただ、思ったより小さい。あのときは遠くにいたし、周りに人がいなかったからわからなかった。身長は、百六十五センチぐらい。伯母さんより低い。

あぁ、とそこで気づいた。だから伯母さんはヒールが高いくつを履かないのか。取引相手のおじさんたちのためじゃなく、この田崎さんのために履かないのか。と。本当にそうだとすれば、四十八歳だけど、少しカノジョっぽい。

田崎さんは、麻の半袖シャツにチノパンという服装だった。自宅で会うからか、伯母さんも特に着飾ったりはしてない。長袖だが生地は薄いカットソーに、ゆったりめのパンツ。普段着といえば普段着だ。その格好で電車には乗らないが近場での買物には行く、という程度の。普段とちがうのはいくらか化粧をしてるとこだが、それは女の人のたしなみとして当然だろう。

居間のソファに、三人で座る。やわらか過ぎずかた過ぎない、座り心地のいいソファだ。この団地に引っ越してくるときに、伯母さんが選んだ。イスは四脚あるが、お客さんが来ることは滅多にないので、つかうのは主に二脚。だから、決まったものばかりが傷(いた)まないよう、定期的に二脚ずつ置き換える。それを見越して、ひじ掛けだの何だのが付いてないものを買ったのだ。

　伯母さんが、豆を挽いて淹れたコーヒーを出した。キリマンジャロというやつだ。時間がない平日はいつもインスタントだが、土日の伯母さんはそうやってきちんとコーヒーを淹れる。田崎さんが来たから特別というわけじゃない。

　キリマンジャロとマンデリン、大地はどっちが好き？　なんてよく訊かれる。ぼくの返事はもちろん、わかんない、だ。酸味と苦味で全然ちがうじゃない、と伯母さんは言うが、本当にわからない。ぼくにわかるのは、コカコーラとペプシのちがいぐらいだ。それでも、どちらかといえばわかるほうだと思う。部の哲なんかは、それさえわからないと言ってる。どん兵衛と赤いきつねのちがいさえわからないと言ってる。

「大地くんは、僕のことをどこまで知ってるのかな」

「わたしとお付き合いをしてるところまで。というか、それだけ」

　事前に伯母さんが明かした情報は、本当にそれだけだった。もったいをつけたわけじゃない。田崎さん自身に聞いたほうが早いと考えたらしい。

「僕は絹子さんと大学でクラスが同じだったんだ」

「え？」と、つい言ってしまう。「大学にもクラスがあるんですか？」

「あったね。外国語の授業だけは、あらかじめ決められたクラスで受けるんだ。これは、今もそうなんじゃないかな」

「そういうことは調べておきなさいよ」と伯母さんがぼくに言う。

「そもそもクラスがあることを知らないんだから、調べようがないよ」

「ほかのことをあれこれ調べてれば、引っかかってくるでしょ」

「くるかなぁ」

「くるわよ」

「くるかなぁ」と、これは田崎さん。

「くるでしょ」と伯母さん。

「大地くんで無理なら、僕はまず無理だな。とてもそこまでたどり着けない。大地くんとちがって、大人になってからネットができた世代だからね、今でもとまどうことがあるよ」

「それは、あるわね。これネットで調べられるかなって、素早くそこに結びつけて考えられなかったりするのよね。よくも悪くも」

「そう。それ。まずネットってとこにいかないんだよな、頭が」

「ケータイすらなかったもんね、わたしたちが大学生のころは」

「そうそう。誰かに電話をかけるときは、その人の家にかけなきゃいけないんだ」

「午後十時ちょうどにかけるから、なんて言ったりして」

「うん。それでも女子のお父さんが受話器をとっちゃったりとかね。何でだよって思うんだ。言っといたじゃんて。大地くんの世代にはわからない感覚だろうなぁ」

「わからない、です」

「昔は本当に大変だったんだ、女子にたどり着くのは」と田崎さんが笑い、

「ちょっと。やめてよ」と伯母さんも笑う。

お愛想で、ぼくも笑う。今も女子にたどり着くのは大変ですよ、と言いたくなる。そういうのは人によるんだと思う。

「僕なんか、初めのころは、一人一台電話を持つ必要がないでしょって思ってたもんな。電話を持ち歩かなきゃいけないなんてどれほどの重要人物だよって」

「それ、聞いた。覚えてる。会うたびに言ってたわよね。確か、わたしが初めてケータイを持ったときも言われたわよ」

田崎さんと伯母さんは、本当に友人同士みたいだった。というか、本当に友人同士だったのだが、今でも友人同士みたいだ。付き合ってる男女、というよりは友人同士。そう見える。

伯母さんと田崎さんの歳になっても、学生時代の友だちとつながりがあったりするもんなんだな、と思った。だとすれば、未来のぼくも、今の部の仲間たちとつながりを保ってる可能性があるということか。例えば四十八歳のぼくと、四十八歳の真乃。四十八歳の悟、利実、尚人。そのときでもなお、一つ下、四十七歳の桃子に、ぼくはキューピッド役

を頼まれてたりして。

「いや、ごめん。こんな話をしに来たわけじゃないんだよね。こういうのは、僕らだけで話せばいい」田崎さんはコーヒーを一口飲んで、続ける。「大地くんのことは、絹子さんから聞いてるよ。何一つ問題を起こさない、よく出来た高校生だとね」

「そんな言い方、してないわよ」

「してないけど。でも僕はそんな印象を持ったな」

よく出来た高校生。苦々しい。そんなようなことを言ったのだとしても、伯母さんは、面倒のないやつ、というくらいの意味で言ったんだと思う。実際、面倒はないはずだ。例えばぼくは、つかった鍋や食器は伯母さんが帰宅する前に必ず洗っておくし、これは伯母さんが知らないことだけど、しずくが床にはね落ちないよう、小便は洋式便器に腰かけてする。

田崎さんは、どこからどう見ても、よさそうな人だった。角刈りに真っ黒なサングラス、みたいな人や、長髪に真っ黒なレザーパンツ、みたいな人が来ても、ぼくが伯母さんの相手として認めないなんてことはなかったはずだが、この田崎さんなら申し分ない。百点と言っていい。偏差値七十と言ってもいい。

ただ、そういうのとは別のところで、ぼくは限界を迎えつつあった。言われるくらいなら先に言ってしまおうと思った。そう。あのことだ。田崎さんが総体の試合を観に来たこと。試合の始めから終わりまで自分がベンチに座ってるのを、見られてしまったこと。もう伯母さんに話は伝わってるのかもしれない。とっくにバレてるのかもしれない。それでも、指摘されるよりは自分で言うほうがましだ。

ぼくは田崎さんに言う。田崎さんを通して、伯母さんにも言うつもりで。

「総体の試合を、観に来られて、ましたよね？」

慣れない敬語をつかうので、言葉がたどたどしくなる。途切れ途切れになる。

「ソウタイ？」

「あの、えーと、五月の試合。ゴールデンウィークの」

「あぁ。総体、か。総合体育大会、だ」そして田崎さんはあっけなく認める。「うん。観に行かせてもらったよ。何だ、気づいてたのか」

「さっき、もしかしたらって」

「すごいな。あのときはまだ面識がなかったのに」

「部員の誰かのお父さんかと思ったんですけど、誰のでもないみたいだったから」

「そうか。誰の父親でもないとなると、近所のサッカー好きなおじさんか、でなきゃ不審者ってことになるもんね」

「何、田崎くん、観に行ったの？」と伯母さんが尋ねる。

「うん」と田崎さんはやはりあっけなく答える。「大会があるって聞いたから、観に行かせてもらった」

「言ってよ」

「言ったら、行くなと言われるかと思って」

　つまり、そういうことだった。田崎さんは、伯母さんにも内緒で、ぼくの試合を観に来たのだ。ぼくの試合を。ぼくが出ない試合を。

「一人では行かないで、とは言ってたと思うけど」と伯母さんが言う。

　一連のその反応は、とても演技には見えない。

「悪いとは思ったんだけどね。見てみたかったんだよ、大地くんを。何ていうか、一人で。といっても、どんな子か確かめたかったとか、絹子に知られないようにしたかったとか、そういうことじゃないんだ。結果的には、そんな形になったけど」

「ぼく、ずっと座ってましたよね？　ベンチに」

「あぁ。うん」

「前半も後半も、ずっと。交代のためのアップもしない。後半、交代で出たのは、あれ、二年生です。試合、出たことないんですよ。練習試合ならちょこちょこありますけど、大会とかの試合には、一度も」

「そうなんだ」

　そしてぼくは伯母さんに直接言う。顔じゃなく、胸のあたりを見て。

「だからさ、試合で点なんかとったことないし、とりようもないんだよ。背番号が13なのは、レギュラーじゃないからであって、いい番号をほしがったやつがいるからじゃないんだ。ごめん。しょうもないうそついてた。ずっと」

「そう」伯母さんはあっさり言う。「別にいいじゃない、そんなこと」

「自分がレギュラーだった人は、みんなそう言うんだよ」

「言うでしょうね。レギュラーじゃないからお前はダメだ、なんて言わないわよ」

驚いた。え、そんなこと言っちゃうの？　と思ったのだ。自分で言わせておきながら。

ぼくだけじゃなく、田崎さんも、それには少し驚いたらしい。

「レギュラーになれる人もいれば、なれない人もいる。それは当たり前。レギュラーになれなかったからくやしいと思う。それも当たり前。大人になってからもね、似たようなことは数多くあるの。会社でもある。例えば自分だけ仕事のプロジェクトから外されたりとかね」

「あるね」と田崎さんも同意する。「今、ちょっとドキッとしたよ。自分のことを言われたのかと思った。プロジェクトから外されるって」

「そういう結果だけを重視する人はたくさんいる。でもそうじゃない人も、たくさんではないけど、いる。見てる人はきちんと見てる。こないだの面談のとき、担任の先生が言ってたでしょ？　顧問の先生が大地のことほめてたって。わたしね、あれ、すごくうれしかったわよ。大地は試合で何点もとってくれるからたすかるって言われるより、ずっとうれしかったと思う」

「あれは、そんな大した意味じゃないよ。ほら、先生は生徒を、どうにかほめなきゃいけないから」

「だとしても、うれしいじゃない。大地は先生がほめたくなる生徒だってことなんだから」

「秋月先生が気を利かせてそう言っただけかもしれないよ。五十嵐は、じゃなくて部の顧問は、そんなこと言ってないかもしれない」

「わたしはそうは思わない」と伯母さんは笑み混じりに言う。「でももしそうなら、それでもやっぱりいいじゃない。あの先生がうそをついてまで大地をほめたいと思ってくれたってことなんだから」

　参った。すごい理屈だ。前向き、なのか？　もしそうなら、まるで利実だ。前向きすぎる。

　あの面談のとき、あそこで秋月先生にああ言われたときに、伯母さんは、ぼくがレギュラーじゃないことに気づいたのかもしれない。五十嵐が言ったという、あれ。人のために努力できる。考えてみれば、レギュラーじゃない生徒にかける言葉っぽい。

　いや、もしかすると、その前に。伯母さんは、とっくにわかってたのかもしれない。例えばぼくが背番号13のユニフォームを持ち帰ってきた時点で。いい番号をほしがるやつがいてさ、なんて言い訳のほうを、それこそ苦々しく聞いてたのかもしれない。サッカーに興味がなかったからじゃなく、ぼくがしょうもないうそをついてることがわかってたから、伯母さんは一度も試合を観に来なかったのだ。来たらぼくに恥ずかしい思いをさせることになるから。自身バレーボール部にいた伯母さんなら、そのくらいのことはわかるだろう。ただでさえ頭がいい人なんだし。

レギュラーになれないなら部なんてやめちゃいなさい。そう言われたくないから、ぼくは自分がレギュラーだと伯母さんにうそをついた。見誤ってたのは、ぼくのほうだったわけだ。

そんなこんなで二時間が過ぎ、田崎さんが言う。

「じゃあ、僕はそろそろ」

「駅までの道はわかる？」と伯母さんが尋ね、

「うん。区画整理されてるから、すごくわかりやすかったよ」と田崎さんが答える。

とっさの思いつきで、伯母さんに言った。

「ノート買わなきゃいけないから、ぼくが行くよ。駅まで」

ちょっとわざとらしいような気もしたが、伯母さんはすんなり言う。

「そう。じゃあ、お願い」

というわけで、田崎さんと二人、みつば南団地を出て、駅までの道を歩く。

まさにとっさの思いつきであって、何を話そうとか何を訊きたいとかいうことはなかった。ただ田崎さんに慣れる。二人でいる時間をつくる。それだけでよかった。

「いやぁ、気づかれてたとは思わなかったよ」と田崎さんは言う。「悪かったね、勝手なことしちゃって」

「いえ」

「せめて絹子さんと一緒に行くべきだった」

「だったら一人のほうが」

「あぁ。それもそうか。いきなり二人では、驚くか」

「たぶん」

みつば第三公園のわきを通った。第二じゃなく、第三。第二と同規模の公園だ。駅に行くときはそちらを通る。

小さな女の子がブランコに乗ってた。お父さんらしき人が、後ろから女の子の背を押す。うまくこげない女の子の代わりに、ブランコを揺らしてやってる。

「あの」とぼくは言う。「田崎さんは、伯母さんと結婚するんですか?」

言葉はするりと出る。自分でも不思議だ。伯母さんには訊けないのに、この田崎さんには訊ける。男だから、なのか?

「おぉ。ストレートにきたね」と田崎さんは笑う。「でも、そうだよな。そういうことじゃないなら、何をしに来たのかって話になる。確かにね、僕は絹子さんと結婚したいよ。絹子さんもそう思ってくれてると思う」

「そうですか」

「そうですかって、それだけ?」

「はい。あの、ぼくがどうこう言うことじゃないから」

「どうこう言っていいことだと思うよ、充分」

それには返事をしなかった。そうですよね、とも言えないし、ちがいますよ、とも言えない。

「これこそ言うべきことじゃないかもしれないけどね。僕は五年前に一度、絹子さんにプロポーズしたんだ。でも断られた。そのときに、妹さんのことを聞いたんだよ」

五年前。妹さんのこと。ということは、ぼくのこともだろう。つまり、ぼくを引きとらなきゃいけないということも、だ。

「残念だったけど、納得はしたよ。絹子さんらしいとも思ったかな。そもそもそういう面に惹かれてたとこもあったしね。大学のころからそうだったよ。ほら、彼女、何ていうか、こう、筋が一本通ってるでしょ？」

「通ってますね。一本どころじゃないかも」

「そうだな。二、三本通ってるかもしれない。それも、すごく太いのが。でもね、この何年かで、少し変わったよ。前にくらべて、やわらかくなった。それは、大地くんと暮らすようになったからだと思う」

そうだろうか。よくわからない。まあ、一緒に暮らすようになる前の伯母さんを、そんなには知らないせいでもあるけど。

「そうでなかったらさ、一度プロポーズを断った相手と、また付き合ったりしないよ」

それは、そうかもしれない。ただかたいだけの伯母さんなら、そこはきちんと線を引くだろう。例えば父にはそうしたように。

「そんなふうに絹子さんを変えた大地くんをね、一度見てみたかったんだ。絹子さんと一緒にではなく。一人で」

で、実際に見てみたら。その大地くんは、グラウンドを駆けまわることもなく、ひたすらベンチに座ってたわけだ。

「絹子さん、健康にすごく気をつかってるでしょ？　甘いものも食べないし、辛（から）いものも食べない。油っこいものも食べない」

「はい」

「昔はそうでもなかったんだよ。甘いもの辛いもの、何でも食べてたし、お酒も結構飲んでた。結構というか、かなりかな」

「そうなんですか」

「そう。何で今みたいになったか、わかる？」

「いえ」

「絶対に死ねないから」

「え？」

「彼女が自分でそう言ってた。大地くんを引きとった以上、自分は絶対に死ねないんだって。すごい人だと思ったよ。男女は関係ない。惹かれちゃうよね、そういう人には。大地くん自身は聞いたことないでしょ？　そんなの」

「ないです」

「絶対に言わないと思うよ、彼女なら。だから、あれね、僕がこんなこと言ったのは、内緒ね。もし知ったら、怒るだろうから。頼むね」

「はい。言わないです」

「何かズルいな、僕は。一人で試合を観に行ったり、大地くんにこんなことを話したり。抜け駆けばっかりだ。本当なら、大地くんに気に入られるよう、うまく立ちまわらなきゃいけないのに。何か、逆へ逆へと行ってる。まあね、もう急ぐつもりはないんだよ。今日も、世間話をするために来た。大地くんが絹子さんの結婚に反対ならそれでもいい。ただ、僕が絹子さんの仲間でいることぐらいは、許してほしいんだ。そのついでに、大地くんの仲間だとも認めてもらえるとありがたい」

田崎さんを駅の改札口まで見送ったりはしなかった。田崎さん自身が、大型スーパーの前で、じゃあ、今日はどうもありがとう、と言ったからだ。

あ、はい、と言って、ぼくは頭を下げ、大型スーパーに入った。そして三階の文具コーナーで、ノートを一冊買おうとした。本当は必要なかったが、伯母さんにああ言った手前、買うしかなかったのだ。

でも、買わなかった。それを手にするところまではいった。そこで、あることを思いついた。そのまますぐに帰って伯母さんと顔を合わせる気にならなかったからだろう。

ノートを棚に戻すと、ぼくは階段を下りて、大型スーパーを出た。

伯母さんにスマホで電話をかけて、言う。

「あのさ、ついでにちょっとスポーツ用品店に行ってくるよ」

ついでにといっても、電車に乗る。そこはみつばの二駅先にあるかなり大きな店なのだ。

「何か買うの？」

「いや、えーと、とりあえず見るだけ」

「必要なら買いなさいよ。お金は出すから」

「今日は下見だけでいいよ」

「下見って、何それ。大地、主婦みたい」

「じゃあ、下見じゃなくて、視察。それなら主婦っぽくない」

何の下見か訊かれたら、サッカーストッキングとすね当て、と答えるつもりでいた。

でも伯母さんは訊いてこない。そこが伯母さんのいいところだ。サッカー好きな修介のお母さんなんかは、結構あれこれ訊いてくるらしい。ごまかすのがマジで大変ですよ、と修介はいつも嘆いてる。まあ、ごまかしてゲームだのマンガだのにそのお金を流用しようとする修介が悪いんだけど。

「田崎さんは、帰った？」

「帰ったよ」

「ありがとう。送ってくれて」

「送ったというか、まあ、うん」

「大地もあんまり遅くならないようにね。もう少ししたらわたしも買物に出るけど。カギは持ってる？」

「持ってる」

「今夜のおかずはお魚ね。何でもいい、はなしで、何がいい?」

「そうだなぁ。えーと、鮭、か、ししゃも」

「鮭かししゃも。了解」

漠然と、何がいい?　ではなく、魚のなかで、何がいい?　そうやってある程度絞ってもらえると、答えやすい。

「電車賃はある?」

「あるよ。だいじょうぶ」

「じゃあ、気をつけてね」

「うん」

⚽

みつば駅で上り電車に乗り、二駅先で降りて、ショッピングモールに行った。

スポーツ用品店には向かわない。初めから向かう気はない。ストッキングにすね当て。どちらも持ってる。数も足りてる。

一階の隅、通りに面したところにあるハンバーガー屋に入った。みつば駅前の大型スーパーのなかにもある大手チェーン、その別店舗だ。

みつば店には、前に尚人と行った。そこであの話を聞いたのだ。あとからじんわり衝撃がきた、あの秘密の話を。

こちらの店では、郷太がバイトをしてる。フォワードの郷太だ。練習試合のハーフタイム中に貴臣ともめた、郷太。

日曜日の午後五時半。店は空いてる。おやつ代わりにポテトを食べる者たちが何組かいるくらいだ。

「いらっしゃいませ。店内でお召し上がりですか?」と同い歳ぐらいの女子店員に言われ、

「はい」と返事をする。

Sサイズのポテトとカロリーゼロのコーラを頼みつつ、探す。いた。

女子店員からのオーダーを受け、そのポテトを紙容器に入れるのが郷太だ。女子店員には似合ってる制服が、まるで似合ってない。背が低くて筋肉質、ゴリラタイプのフォワードだから無理もない。でも手先は器用だ。金属のスコップのような器具ですくったポテトをするりと容器に移す。そしてチラッとぼくを見る。

気づいてたらしい。こうして部員の誰かが来店することがよくあるのかもしれない。

何にせよ、いてくれてよかった。まあ、いるだろうと予想してはいたのだ。日曜は試合

のあとでもバイトに入ると、本人も言ってたくらいだから。

　ポテトとコーラが載ったトレーを運び、窓際のカウンター席に座る。レジカウンターからはぼくの背中が見える。そんな位置だ。ぼくから見えてもしかたがない。郷太から見えてくれないと。

　郷太のバイトは午後六時まで。それは知ってた。バイトは許可制だが、あまり遅い時間はしないよう指導される。平日は午後八時まで、休日は午後六時まで。それがみつば高の基準らしい。

　まだ暗くなる気配のない外を眺めながら、ポテトを一本一本食べる。ポテトは高校生男子のツボをつく。おれポテトきらい、という男子はいない。油っこいので、いくらでもは食べられないが、いつでもは食べられる。無人島に一つだけ持ってくならポテトだな、と例えば敬吾は言う。わからないでもない。

「珍しいな。電車通学でもないのに」

　そう言って、郷太が隣のイスにどさりと座った。

　気がつけば、午後六時五分。すでに私服姿だ。部活のときもそうだが、郷太は着替えるのが速い。このバイトで身につけた習慣なのかもしれない。

「ほかに誰かいんのか？」

「いや」

「店で何か見てるとかじゃなく？」

「じゃないよ。一人。ストッキングを買いに来た。それで、ついでに寄ったんだ。郷太いるかな、と思って」

「ふぅん」

「日曜はやっぱり入ってるんだね、バイト」

「入るよ、そりゃ。今日は昼前から入ってる」

「おれも郷太を見習ってバイトしたかったんだけどさ、許可が出なかったよ。学校じゃなく、家のほうで」

ストローでスロスロッとコーラを飲み、ポテトの最後の一本を食べて、紙容器をクシャクシャッと丸める。

それを見て、郷太が言う。

「もう一杯飲めよ。何がいい？　おごるよ」

「いや、いいよ」

「いいって。バイトしてんだから。ちょっとは割引もあるし」

「だからっておごってたら、意味ないでしょ」

「おごることに意味はあるだろ」

結局、コーヒーをもらうことにした。冷たいコーラを飲んだばかりだから、今度はホットにしたのだ。ぼくの腹は、昔からそう強くない。アイスは一日一本だけね、と、真夏でも母に言われてた。

郷太はついさっきまでその内側で働いてたレジカウンターに行き、ハンバーガー二つとジンジャーエールとコーヒーが載ったトレーを持って、戻ってきた。

「席、奥に移ろうぜ」と言うので、イスから立ち上がり、ついていく。

カウンターからは死角になる位置にある四人掛けのテーブル席。その壁沿いのイスに座ると、郷太はコーヒーだけじゃなく、ハンバーガーも一つこちらへ寄越した。

「ほら、食って。ハンバーガー一つぐらい、食えんだろ?」

「いや、でも」

「同じの二個はいらねえから」

「じゃあ、うん。ありがと」

ポテトだけにしておくつもりが、ハンバーガーまで食べることになった。晩ご飯には、自ら指定した鮭かしじゃもが待ってる。

郷太は包み紙を取り去って、ハンバーガーにかぶりついた。一口が大きい。唇の端に付いたケチャップを舌でペロリとやる。同じくケチャップをペロリとやった尚人には、まじめさとのギャップがあった。郷太にそれはない。そのペロリが、初めから似合ってる。

ストローで勢いよく吸い上げたジンジャーエールを飲んで、郷太は言う。

「キングの停学、いつまでだって？」

「よくわかんないけど。一週間とかじゃないのかな」

「しかし災難だよな、キングも。自分では部をやめたつもりなのに。おかげで毎日バイトに入れっから、おれはいいけど」

「五十嵐も、ツラいとこだよね」

「それはしかたないだろ。顧問なんだし」

「まあね」

「前から思ってたんだけどさ。大地、断ってもいいんじゃねえか？」

「何を？」

「練習でキーパーをやらされたりすんの」

「あぁ。いいよ、別に。だって、いやじゃないし」

「ほんとかよ。普通、いやだろ」

「そうかなぁ」

普通、いやだろう。でもそれを普通にいやだと言ってしまったら、余計みじめなことになる。

「おれなら絶対やんないよ。やれって言われたら、ふざけんな！　って怒るだろうな。利実がキーパーにコンバートされたっていうのとはちがうだろ。大地が断んないから、五十嵐もそれでいいと思っちゃうんじゃねえか？」

「でも気をつかってはくれるよ。声もかけてくれるし」

「そもそもそういうことはさせないってのが、気をつかうってことだろ」

「うーん。だけどおれも、それでいいと思ってるよ」

「部のためになるなら、か？」

「ちがうちがう。そこまでは考えてないよ。ただいやじゃないってだけ」

「こんなこと言いたくないけど。甘く見られんぞ、後輩たちに」

貴臣の尻を蹴ったあのとき、悟もそんなようなことを言ってた。先輩なんだから怒んなきゃダメだと。

「そう見られるならしかたないよ。レギュラーになれないのは、自分のせいだし」

「だとしても、つけこまれる必要はないだろ」

「つけこまれてないよ。というか、つけこまれてるのかもしれないけど、自分ではそう思ってないよ」

「お前、カミかよ」

「え？」

「神様かよ」

「それ、神様というよりは、仏様じゃないかな。慈悲の心がある、みたいな意味なら」

ハンバーガーを食べながら、郷太はぼくの顔をまじまじと見る。異星人を見るような目で見る。ジンジャーエールを飲む。ちょっと笑う。言う。

「お前、スゲえな」

「何が?」

「ほんとに仏様じゃねえの?」

「ちがうよ」

「わかってるよ」

郷太は壁沿いのイスから立ち上がって再びレジカウンターに行き、Mサイズのポテトとハンバーガーを買って、戻ってくる。後者は一つめと同じ、ただのハンバーガーだ。

「やっぱ一個じゃ足んねえわ」

「同じのを二個、食べるんじゃん」

「ああ。これが一番安いからな」

「ハンバーガー代、やっぱり払うよ」

「いいよ。そんなつもりで言ったんじゃない」

伯母さんがしてたあの話を思いだす。五千円のステーキと百二十円のハンバーガーの話だ。聞いたあとで計算してみた。五千円のステーキ一枚で、百二十円のハンバーガーは四十一個買える。どちらもおいしい。それで郷太はステーキを買うだろうか。伯母さんは、郷太にステーキの価値を認めさせられるだろうか。

「ポテト、大地も食って。さっきも食ってたけど」

「どうも」

「ポテトはさ、こうやって、食う直前に買ったほうがいいぞ。これ、バイト経験者からのアドバイス。ポテトはやっぱ熱々を食うに限るんだ。何度も席を立つのはめんどくさいけど、でもそうしたほうがいい。それだけのことはあるから」

「わかった。次からはそうするよ」

郷太はその熱々ポテトを三本まとめて口に入れる。そして言う。

「さっきの話。バイト、すんなって言われたんだ？」

「あぁ。うん。伯母さんに」

「伯母さん？　大地んとこは、母ちゃんと二人、だよな？」

「母ちゃんじゃなくて、伯母さん。母親の、お姉さん。ほら、母親は、亡くなったから」

「マジかよ。そうなの？」

「そう」

ぼくが母子家庭の子であることは、サッカー部員のほとんどが知ってる。今どきそう珍しいことじゃないし、みんな高校生でもあるから、それで特別視されたりもしない。でもたまにはこういうこともある。母子家庭の母が実の母でないことは、まだそんなには知られてないのだ。隠してるわけじゃないが、進んで言ったりもしないので。

「ウチとは逆なんだよな、大地んとこは。つっても、ウチの場合、親父は伯父さんじゃないし、母ちゃんも生きてっけど」

郷太のところは、いわゆる父子家庭だ。父一人、子一人。だから郷太はバイトをしてる。学校も許可を出してる。母子でなく父子とはいえ、そんなに楽ではないのだろう。

そう考えると、ぼくはかなり恵まれてると思う。たぶん、伯母さんが男とある程度対等な立場で働いてるからこそ、今の生活は成り立ってるのだ。今の生活。バイトをしなくても許され、大学は行きたいとこに行っていいと言われる生活。

「大地さ、別れた父親とは、よく会ってるわけ？」

「いや、よくは会ってないよ。こないだ久しぶりに会っただけ。十二年ぶり。別れて初めて会った」

「マジで？　全然会ってなかったんだ？」

「うん。そういう決まりだったから。別れるときに決めたらしいんだよね、会わせないって」

「あぁ。その代わり養育費はなし、みたいなやつか」

「そう」

さすがは似たような境遇の郷太。理解が早い。

「郷太は、いつ？　お父さんとお母さんが別れたの」

「小六。ウチはさ、どうせならおれが中学に上がる前にってことで、何か急いで別れた感じだよ。あのころはバタバタとあわただしかったな、引っ越しだ何だで」

「じゃあ、何、行くはずだった中学とはちがう中学に行ったの？」

「そう。だから周りに知ってるやつが一人もいなかった。ホームなのにアウェー。ホームそのものがアウェー」

「それはキツそうだな。おれも母親が亡くなって引っ越したけど、みつばからみつばで学区内だから、転校はしなかったんだよね」

　初めて郷太とこんな話をする。ぼくにそこまで話してくれるとは思わなかった。郷太は人とつるむほうじゃないし、ムダなおしゃべりをするほうでもない。だから、もともと少し浮いてたといえば浮いてた。自ら望んでそうなったようなとこもあるのだ。

「おれさ、こう見えて、私立の中学を受けさせられたんだ。頭悪いのに、母ちゃんに受けろって言われて。で、予想どおり、試験は落ちた。それで母ちゃんはふんぎりをつけた」

「離婚を決めたってこと？」

「そう。母ちゃんはさ、バリバリ仕事をしちゃうタイプなんだ。しちゃうだけじゃなく、できちゃうんだな。おれを産んだあとに、戻ってきてくれって会社から言われたらしい」

　顔も知らない郷太のお母さんが、伯母さんと少しダブる。もしも伯母さんに子どもがいたら、同じような感じになってたんだろうか。もしもぼくが伯母さんの実の子だったら、今とはちがう感じになってたんだろうか。

「実際に自分ができたから、誰もがやればできると思っちゃうんだろうな。よくおれに言ってたよ。がんばるだけじゃダメ、結果を出さないと人は認めてくれないんだよって。まず母ちゃん自身が親父を認めてなかったんだ。親父は勤めてた会社の子会社とかってとこに移らされたりしてたから、そういうことへの不満もあったみたいで。親父がおれにサッカーをやらせたことも、気に食わなかったんだろうな」

「お父さんはサッカー好きなの？　哲のお父さんみたいに」

「あれほどじゃないよ。野球よりはサッカーが好きって程度。一度さ、おれにサッカーをやめさせようとする母ちゃんと親父がマジゲンカしてんのを聞いちゃったことがあるよ。サッカーなんかやってそれが何になんのよ！　って母ちゃんは言ってたな。あの子プロになれんの？　外国でプレーできんの？　って。スゲえなこの人って、思っちゃったよな、おれも」

「今もお母さんと会ってる？」

「会ってるよ。年二回。正月と夏の休みに。最近はもう、ただのお約束だな。会って、メシ食って、おしまい」

「おれもそうだったよ。ファミレスで会って、昼ご飯を食べた。それだけ」

「まだ親父となら、何かありそうじゃん。サッカーを観に行くとか、野球を観に行くとか。でも母ちゃんとじゃ、そういうの、ないんだよな。映画を観るってのも何だし」

「お父さんは、会うことに反対しないんだ？」

「しないな。会いたいときに会っていいって言ってるよ。別に母ちゃんからおれの養育費をもらってるわけじゃないけど。いっそのこと、もらっちゃえばいいのにな。たぶん、母ちゃんのほうがずっと稼いでんだから」

「郷太自身は、会いたい？」

「うーん。正直、今はその二回でも多いかなって思うよ。母ちゃんもそう思ってんじゃねえかな。とりあえず高校を出るまではって話だから、来年はもうそんなに会わなくなるかも。そうなったらなったで、今度は会いたくなったりすんのかもしんないけど」

　ポテトを食べ、ジンジャーエールを飲んで、郷太は言う。

「結局、みっ高に受かるので精一杯だったよ」

「え？」

「いや、おれさ、中学はダメだったから、せめて高校は上に行ってやろうってことで、がんばったのよ。でも、みっ高止まりだった。母ちゃんの言う結果ってやつを出して、ちょっとは見返してやろうと思ったんだけどな。まあ、しかたないんだよ。中三のときの担任から、みっ高は絶対無理、公立に受かりたいなら一つどころか二つランクを下げろって言われてたくらいだし」

　ぼくとは正反対ということだ。ぼくは自らランクを下げた。でも郷太は逆。無理にランクを上げた。利実のように、チャレンジしたのだ。

「みっ高レベルじゃ全然ダメなんだなって思ったよ。受かったことを伝えたとき、母ちゃん、おめでとうとは言ったけど、単に第一志望に受かってよかったねって感じだったもんな。その上の西高ならまたちがったんだろうけど。でも西高ならまちがいなく落ちてたし」

　西高。ぼくも受けようとしたところだ。

「でもそれで受かったのはすごいよ。普通、二ランク上には受からない」

「運がよかったんだよ。今でも覚えてるけど、国語の古文とか、直前の問題集でやったのとほぼ同じ例文が出たし」

「それだけじゃ受からないでしょ」

「だからこそ運なんだよ。全然わからなかった理科とかで、マークシート方式がいいように働いたんだ。テキトーにシュート打ったら入っちゃった、みたいな感じだよ」

　そこまで言われると、こちらはこう言うしかない。

「運も実力のうちだよ」

「だよな。おれもそう思ってるよ。でも母ちゃんにしてみれば、どんな理屈をつけたところで、みっ高じゃ結果にはならないんだ。母ちゃんさ、仕事で結果を出して、新聞にインタヴューされたことがあんのよ」

「インタヴュー？」

「ほら、新聞て、なかのほうに経済面とかあるだろ？　そこにその記事が載ったんだ。活躍する女性課長さんにインタヴュー、みたいなことで」

「それは、すごいね」

「化粧品会社でさ、新しい口紅を開発して、それがすごく売れたんだと。で、一面の半分ぐらいの記事になってた。写真まで載っちゃってさ。独身の目線でどうのとか言ってたよ。独身の青木課長、だな」

　青木。郷太の名字ではない。

「まあ、独身は独身だよな。バツイチとか言わないだろうし。インタヴューでも、そういうことには触れてなかった。家族がいれば、仕事と家庭の両立がどうとかって話になるんだろうけど」

　そこまで聞いて、少し印象が変わった。郷太のお母さんは、ぼくの伯母さんよりずっと極端な人なのかもしれない。実の子さえ、手放してしまうんだから。

　郷太のお母さんがぼくの伯母さんだったら、ぼくを引きとりはしなかっただろう。ぼくが西高に受かるレベルの学力を備えてたとしてもダメだろう。でも、そのさらに上。例えば東高(ひがし)なら。あるいは、もっと上なら。案外引きとったりするのかもしれない。

「郷太のお母さんもすごいけど、でも郷太は郷太ですごいよ」

「ん、何で?」

「いや、だってさ、普通、二ランク上には受からないって」

「だからそれは運だって」

「すごいと言っても、そのすごさのなかには、いろんなすごさがあると思うんだよね」

「わかんねえな。どういう意味?」

「例えばメッシとかクリスティアーノ・ロナウドって、確かにすごいじゃん。でもそれは、持ってる力がすごいってことでしょ?」

「まあな」

「彼らにしてみれば、できることをやってるだけなんだよ。そのできることの中身がすごいんであって、できないことをやってるからすごいんじゃない。えーと、だから、ほかの人ができないことができるからすごいんであって、自分にできないことをやってるからすごいんじゃない。その意味では、もしかしたら郷太のほうがすごいんじゃないかって、おれは思うよ。だって、本当なら自分にはできないこと、能力以上のことをやったんだから。二ランク上の学校に受かるってのは、そういうことでしょ。メッシとかクリスティアーノ・ロナウドは、持ってる力をつかって第一志望に受かってるだけだよ。その第一志望が東大とか京大だってだけ」

郷太はぽかんとしてた。目の前には、確実に、異星人がいた。

「おれのほうがメッシとかクリスティアーノ・ロナウドよりすごい、か」

郷太のストローを、ジンジャーエールがゆっくり上っていく。そして、ゴクリ。

ストローを口から放し、郷太は言う。

「アホかと思われるだろうな、そんなこと言ったら」

「思われるだろうね」と、そこは同意する。

いきなり郷太にそんなことを言われたら、ぼくも、アホかと思ってしまうと思う。

「すごいほめ方だな、それ」

「そうかも」

「さすが仏様」

「だからちがうよ」

「だからわかってるよ」

ポテトの残りを食べ、スロスロスロッとジンジャーエールを飲み干して、郷太は続ける。

「さて、食ったからには動くか」

そして包み紙や紙カップの載ったトレーを手にイスから立ち上がり、ちょっと待っててな、と言い残して歩き去る。

で、一分後。ボールを持って、戻ってくる。

そう。ボール。サッカーボールだ。

「すぐそこに公園があるから、ちょっとやろうぜ」

「いいけど。何でボールがあるわけ？」

「店長が好きなんだ、サッカー。フットサルチームに入ってるよ。おれらの退勤時間が近い日は、帰りに公園で蹴り合ったりもする」

「へぇ」

「お前がサッカー部員だからバイトに採用した、なんて言ってたからな、店長。おれが入った次の日にはもう、上のスポーツ用品店でこのボール買ってきたし。じゃ、行こう」

ということで、ぼくらは店を出てその公園に行く。

みつば第二公園なんかよりはずっと広い公園だ。緑地公園とか言われそうな類。芝生がはげかけた広場がある。

午後七時前。空は少し暗いが、園内灯の数が多いので、その広場は明るい。野球のキャッチボールは厳しいがサッカーのパス交換ならだいじょうぶ。と、そんな具合。

十メートルほどの距離をとり、ぼくらはそのパス交換をする。左右のインサイドキックで。可能ならダイレクトで。無理ならトラップをして。郷太からぼく。ぼくから郷太。

こんなとき、初めの十往復二十往復ぐらいは、いつも無言になる。空気を整えるというか、お互いを認め合うための時間だ。部の練習が始まる際のグラウンド三周、みたいなもの。

そして今、先に口を開くのは郷太だ。

「バイトはバイトでしなきゃいけないんだけどさ、してたらしてたで、やっぱ、球も蹴りたくなるんだよなぁ」

「わかるよ。一日ぐらいはいいけど、二日休むと、もう蹴りたくなるもんね。プロでもないのに」

「球蹴りはさ、何がいいって、思いっきりできるのがいいよな。思いっきりできることって、日常生活のなかでそうはないだろ」

そんなことを話すあいだも、パス交換は続く。

ぼくよりは上だが、郷太は決して器用な選手じゃない。利き足でない左のキックも、悟や貴臣ほどうまくない。というか、右オンリー。キックに左足はほとんどつかわない。現にパスも、三本に一本はややそれる。それでも、郷太は点をとる。どんなに大きな相手とも競る勇気がある。ディフェンダーが足を出しそうなところに頭から突っこんでいく勇気もある。

「大地さ、久しぶりに父親に会って、どうだった？」

「どうって？」

「何か言ってた？」

「サッカーがどうとか、受験がんばれとか」

「それだけ？」

「まあ、そうかな。何せ十二年会ってないからね、話せることなんてないよ」

そう。ない。お互いのことを知らなすぎるから、ヘタに質問もできない。ぼくは父に再婚相手のことを訊かなかったし、父はぼくにレギュラーかどうかを訊かなかった。今は少しだけ、お互いのことを知ってる。ぼくは父の再婚相手が垣内英代さんという人だと知ってるし、父はぼくがレギュラーじゃないことを知ってる。

レギュラーになれもしないのにサッカーをやってる。

ぼくの父はともかく、郷太のお母さんがそれを知ったら何と言うだろう。外国のプロチームでプレーできるどころか、国内の弱小公立高でさえレギュラーになれないと知ったら。

郷太のお母さんから見れば、ぼくはグズもいいとこだ。何一つ結果を出せてない。何と言うだろうも何もない。ぼくがおそれてた言葉、レギュラーになれないなら部なんてやめちゃいなさい、がすぐにでも飛んでくるだろう。

そして、ふと、こんなことを思う。

フォワードとして結果だけを追いかけるから、郷太は守備をしないのかもしれない。フォワードに要求されるのは得点だ。それは結果として数字にはっきり出る。ディフェンダー六人抜きの華麗なゴールでも、相手のクリアボールが足に当たって入ったごっつぁんゴールでも、一点は一点。得点者の名前は記録に残る。

本人に自覚があるのかどうかは知らないが、郷太は人一倍、結果への執着が強いのかもしれない。強くならざるを得なかったのかもしれない。母親に反発しつつも同調するかのように、郷太自身、まず結果を求めてしまうのだ。結果を出すことを、ほかの何よりも優先させてしまうのだ。だから、守備をしないフォワードになってしまう。

午後七時を過ぎ、さすがに空は真っ暗になった。日曜日のその時刻の公園に、人の姿はない。まったくない。

そろそろ帰らなきゃいけない。あまり遅くなると、伯母さんが心配する。中学のときみたいに、街でカツアゲでもされてるのかと思ってしまうかもしれない。

あのときは、どうにか路地から表通りのほうへ逃げることができた。こわい人たちに追いかけられたりもしなかった。

でもそのことを話すと、伯母さんは本気で心配した。逃げようとしなくていいから、そういうときは持ってるお金を渡してしまいなさい、と本気で言った。交番で事情を話して、帰りの電車賃を借りなさい。近くに交番がなかったら、コンビニに入って交番の場所を訊きなさい。でなきゃ、お巡りさんを呼んでもらいなさい。

　お金を渡せば殴られずにすむと、伯母さんは思ってるようだった。お金を奪ったうえで殴る者もいるとまでは、思わないようだった。伯母さんにも知らないことはあるんだな、と、そのときぼくは思った。伯母さんが知らないこと。ほぼ唯一、知らないこと。幸か不幸か、それはぼくの歳ごろの男子のことだ。

　予想外にそれぞれの家庭の話をすることになってしまったので、結局、肝心（かんじん）なことは話せなかった。まあ、しかたない。こうやって向き合えただけましだろう。パスをし合えただけましだろう。むしろ、よかった。あまり知らなかった郷太のあれこれを知ることができて。

「大地さ」

「ん？」

「ウチの店に、寄ったんじゃないだろ。わざわざ来たろ」

「そんなことないよ。何で？」

「いや、ほら、お前って、こういうことで動くから」

「動く？」

「誰かと誰かがもめると、決まってあいだに入るだろ？」

「それをやるのはおれじゃない。尚人だよ」

「尚人もだけど。大地はちがった形でくるよ。尚人はキャプテンだから、部全体の問題にならないようにする。けど大地は、何ていうか、根っこの部分で問題を解決しようとする」

「そうかなぁ」

「そうだよ」

「だとしたら、何か、おせっかいだね」

「別にけなしてるわけじゃねえよ。大地が店に入ってくんのが見えたとき、おれ、ちょっと感心したんだ。あ、マジで来たよって」

「来ると思ってたわけ？」

「そうじゃないけど。でも来たら来たで、そう思った。あぁ、ほんとに来んだなぁって。ほっとかねえんだなぁって」

郷太も細かく訊いてはこなかったから、わざわざ来たことを否定も肯定もしなかった。ぼくがもめごとに割って入ったと郷太が思ってるならそれでいい。だって事実だし、そうとわかったうえで、郷太はぼくにハンバーガーをおごってくれたわけだから。

「まあ、あれだ」と郷太は言う。「おれもこれから、ちょっとはやるようにするよ」

「やるって、何を？」

「守備」

「あぁ」

「あのガキがうるせえからさ」

「貴臣？」

「そう」

「うるさいねぇ、あのガキ。うまいけど」

「うまいな。ムチャクチャうまいよ。それでみっ高に来んなよって文句をつけたくなるくらい、うまい。あいつ、何でウチに来たわけ？　ジュニアユースでやってたんだろ？　悟と同じで、ユースに上がれなかったとか？」

「よくわかんないけど。何か、クラブでやるのがいやになったみたいよ。部活としてやりたくなったとか、そんなことらしい」

「マジかよ。クラブでやりたくてもできないやつがたくさんいんのに、その逆を行ってんのか。変わってんな、やっぱり」

　確かに貴臣は変わってる。でも、ちょっとわかるような気もする。中学で周りのみんなが部活をやるなか、自分は一人、クラブの練習場へ向かうのだ。そこで競争する。させられる。それが毎日続く。クラブのチームメイトとだって友だちにはなれるだろうが、部活のような雰囲気はないだろう。もういい、となってしまう者がいてもおかしくない。

　右のインステップで、郷太が初めて強いボールを蹴る。さっき言ってたあれ。思いっきり球を蹴る、だ。

胸の高さに浮いたので、ぼくはそのボールをキーパーのように両手でキャッチした。

郷太がぽつりと言う。

「それがたとえサッカーでもさ、貴臣ぐらいうまかったら、母ちゃんもおれを認めてたのかな」

みつば南団地に戻ったのは、午後七時五十五分だった。八時は過ぎないよう、駅からはちょっと急いだ。帰りにノートを買うつもりでいたが、もういいやと思い、大型スーパーには寄らなかった。

「ただいま」

「おかえり」

「ごめん。友だちとバッタリ会っちゃって」と伯母さんにうそをつく。「ほら、あのスポーツ用品店は、ウチの部員がよく行くから」

「もっと近くにも、お店、あるんじゃないの？」

「あそこはデカいからさ、品ぞろえがいいんだよ」そして冗談のつもりでこう付け足す。

「別にカツアゲされて遅くなったわけじゃないよ」

伯母さんは一瞬きょとんとしたが、思いだしたのか、すぐに笑った。

「カツアゲされなかったのはいいけど、まちがっても、する側にまわったりしないでよ」

「え？」

「って、冗談よ」

「あぁ」と言って、ぼくも笑う。

「じゃあ、ご飯にしましょ。大地、手を洗って」

その晩ご飯、おかずは焼き鮭でも焼きししゃもでもなかった。カレイの煮付けだ。お昼はチャーハンで油っこかったから、あっさりしたものにしたの、と伯母さんは説明した。実はそのあとに同じく油っこいポテトも食べてるのですよ、とぼくは説明しなかった。

ダイニングテーブルを挟んで向き合い、ともにいただきますを言って、食べはじめる。

宮島家では、食事どきにテレビをつけない。居間のテレビをつければその位置からでも見られるが、つけない。静かななかで、食べることに集中する。そうすれば味がわかるのだと伯母さんは言う。

わかった。カレイの煮付けはうまかった。薄味だがちょうどいい感じだ。

休日だけとはいえ、もう五年。伯母さんの料理の失敗も少なくなった。「このご飯　やわらかすぎて　ほぼお粥」ということもなくなったし、逆に、「スパゲティ　アルデンテ

にも　ほどがある」ということもなくなった。これはいわば五百切りではないか、と思われたキャベツもきちんと千切りになったし、これはいわば酢浸しではないか、と思われた各種酢の物もきちんと酢の物になった。

「カレイ、うまいよ」とぼくは伯母さんに言う。

「ほんとに？」

「うん」

「うれしい。初めて大地にほめられたわよ」

「初めてじゃないでしょ。何度もほめてるよ」

「わたしが、おいしい？　って訊けば、うん、とは言う。でも自分からほめてくれたのは初めて」

「そうだっけ」

「そう」

田崎さんについてどう思ったかとか、田崎さんと二人で何を話したかとか、そんなことを伯母さんは訊いてこなかった。代わりに、こう言った。

「わたしはね、あの人といずれ結婚してもいいと思ってる。でも大地が反対なら、しなくていいとも思ってる。大地にとって一番いいようにしたい。こう言っちゃうと重荷になるかもしれないけど、でも、そうなの。だからね、大地自身が本気でそうしたければ、平野さんのところに行ってもいいと思ってる。いやだけど、しかたないと思ってる」

田崎さん相手にはそうできたように、ここでもするりと言葉を出せ。ためずに出せ。と自分を叱咤して、言う。

「ぼくは、伯母さんが一番いいようにしたいと思ってるよ。もし伯母さんがお父さん、じゃなくて平野さんのとこに行ってほしいと思うならそうするし、田崎さんと結婚するならそれに反対もしない。するわけないよ、反対なんて」

伯母さんがカレイの煮付けを食べる。ぼくも食べる。伯母さんが絶対に死なないためのメニューだ。

「大地」

「ん?」

「わたしのために国立大学に行こうなんて思わなくていい。でもわたしがそう言っても思っちゃうんなら、もうそれはそれでいい。大地がそう決めたんなら、がんばってほしい。ただ、落ちたらわたしに迷惑をかけるとか、そうは思わないでほしい。わたしがそれを迷惑だと思うなんて、そんなふうには思わないでほしい」

「うん」と、何とも頼りない返事しかできない。

「ねぇ、わかってる? わたしにとっても、血のつながりがあって、心から身内だと思える身内は大地だけなの。親とか子とかは関係ない。いえ、関係ないことはないけど、わたしたちのあいだで今さらそういうことはいい。あんたとわたしは、やっぱりチームなの。育子とわたしがそうだったようにね」

あんた、と初めて呼ばれたことに、少ししてから気づいた。伯母さんはきちんとした人だから、これまでにそんな呼び方をしたことはない。それがここへきての、あんた。乱暴は乱暴だ。でも悪くない。いい。

「育子がね、亡くなる前に言ったの。大地は優しいうそをつける子になったって。それがすごくうれしいって。大地、中学校のサッカー部で試合に出たって言ったんでしょ？　でも、出てないわよね？　そのころはまだサッカーを始めたばかりの一年生だったし」

「うん」と、そこでもやはり頼りない返事をしてしまう。

「だけどそれは育子のためについたうそだから、そのことがほんとにうれしかったって、育子自身が言ってた。もう体がかなり弱ってて、いちどきに長くはしゃべれなかったんだけど、それでもがんばって、わたしに言ったの。だからお姉ちゃんお願いねって。悪い子じゃないから大地のことお願いねって。それが、わたしにとっては最後の言葉みたいなものになった」

「でも」言おうか言うまいか迷い、長い間をつくってしまってから、言う。「伯母さんについたうそは、優しいうそじゃないよ。自分をよく見せるために、ついた」

「大地が自分をよく見せようとしたのは、やっぱりわたしのためでもある。わたしはそう思ってるわよ。そうしちゃう気持ちは、すごくわかる。どうしてかって言うと、それはわたしも同じだから」

「でも伯母さんは、レギュラーだったんでしょ？　バレー部で」

「ええ。そこではね。これは今の話。わたしだって、大地にも会社の人たちにも自分をよく見せようと必死なのよ。昼間も言ったけどね、大人になってからも、そういうことはずっと続くの。でも、それでいいと思う。そういう気持ちって、その人を動かすエネルギーになるから」

伯母さんは、器用な箸づかいでカレイを食べ、ご飯を食べ、みそ汁を飲む。そして、言う。

「とにかくね、わたしは大地にとって一番いいようにしたい。育子のためにも大地のためにもわたしのためにも、そうしたい。どうするかは、大地が自分で決めて」

ポテトとハンバーガー、そして追加のポテトまで腹に入れてたにもかかわらず、普通に晩ご飯を食べきることができた。なめこ汁が少し残ったから飲んじゃってほしいと言われ、二杯めを飲みさえした。本当に、うまかった。

ただし。どう考えてもマズい。サッカー選手として、今日はカロリーのとり過ぎだ。

明日も部の練習はない。学校から帰ったら、みつばから陸橋を渡って四葉辺りまで、一人で走ってみようかな、と思う。

さっき郷太も言ってた。さて、食ったからには動くか。
そう。人は、動かなきゃいけない。

風熱(あつ)き七月

⚽

期末考査期間が終わっても、キングの停学は解けなかった。テスト範囲の授業を受けた日の分やテストそのものを受けた日の分は、別カウントにするらしい。

それに伴ってということなのか、サッカー部の練習自粛も続いた。

あくまでも自粛なのだから、ぼくらは何をしてもいいだろう。集まってサッカーさえしなければ、ほかに何をしてもいいだろう。

というわけで、映画を観に行った。昨日の今日で、急遽そういうことになったのだ。何と、桃子の提案で。

もうあきらめたものと思ってたが、そうじゃなかった。桃子は尚人をあきらめてなかった。一度や二度断られただけであきらめてしまう桃子ではないのだ。さすがはみつば高サッカー部のマネージャー。妥協しない。

ぼくにあの秘密の話をしてくれたあと、尚人は桃子に、うれしいけどやっぱり付き合えない、と告げた。しかも、かなり際どいところまで説明したという。もしかするとおれは女子が好きではないかもしれない、くらいのことは言ったのだ。だから桃子が慕ってくれるのはほんとにうれしいけど今はちょっと無理かもしれない、と。ヘタなうそはつかない。さすがは人格者尚人だ。

それを聞いて、桃子はどうしたか。ゲゲッと引いたのか。

逆だ。これはこれで驚きだが、それでもいいです、と桃子は言ったらしい。わたしだって、女子に惹かれることがありますもん。例えば真乃先輩とか。

ぼくがそれを聞いたのは、尚人からじゃない。桃子からだ。尚人先輩にまた断られちゃいましたよぉ、と、桃子がぼくに報告してきたのだ。頼んだんだから、どうなったかを報告しなきゃいけない。そう思ったのだろう。案外律儀なのだ、あれで。かわいいだけじゃなく、そういうところもあるから、桃子は好かれるのかもしれない。というか、きらわれないのかもしれない。かわいい子には敵も多いものだが、桃子にその気配はない。女子から見ればちがうのかもしれないが、ぼくにはそう見える。

それ以後も、尚人と桃子の関係は大して変わらなかった。お互いに一歩引くようなところもない。尚人はキャプテンとして、普通に桃子と接した。桃子はマネージャーとして、普通に尚人と接した。

そしてキングの件で部の練習がなくなり、夕方の時間がぽっかり空くようになった。そこで、桃子が尚人に声をかけた。特に期待してでもなく。日常会話の流れで。ねぇ、キャプテン、テストも終わったし、映画でも観に行きませんか？　と。

するとと意外にも尚人は言ったのだ。そうだな、行こうか。

でもさすがに一対一はよくないとの判断で、では二対二で、ということになった。二対二。ダブルデートだ。

それでも桃子は満足だった。誰を連れていこうか迷い、一年のマネージャー未来に声をかけた。事情を説明し、未来が部員のなかから誰か相手を選びなよ、と言った。交渉はわたしがしてあげるから、と。

で、その未来が選んだ相手。それが、何と、ぼく。よりにもよって、ぼくだ。

真乃にとってのぼくが無難な話し相手だったように、未来にとってのぼくは無難なデート相手だったのだと思う。ダブルデートで、桃子の相手は尚人だから、同じく先輩であるぼく。尚人ともそこそこ仲がいいから、おかしくない。無難。むしろ、ナイスチョイス！

映画は桃子の提案で、『渚のサンドバッグ』になった。略称、ナギサン。人気マンガを実写化した邦画だ。原作もおもしろいというので、ぼくも読んだことがある。

舞台は、大学のアマチュアボクシング部。ボクシングとはまるで縁がなかった大学生が、飲み会の席でふざけてやった賭けに負けたことから、名門ボクシング部に入る。そこで、エリートの先輩との諍いがあったり、おネエを含むマネージャーたちとの色恋があったりと、あれこれドタバタがくり広げられる。時にはしんみりさせられたりもする。

　実写版の映画では、人気俳優の鷲見翔平（わしみしょうへい）が主役のボクシング部員を演じるとのことで、期待度は高かった。その鷲見翔平に似てると尚人が言われることもある。そしてもちろん、桃子は鷲見翔平ファンだ。日本一カッコいいですよね、と桃子は言う。キャプテンて彼にそっくりですよね、とも言う。それを続けて言うのだから、尚人が日本で二番めにカッコいい、と言ってるようなものだ。その程度の方程式なら、理数が苦手なぼくにでも解ける。

　放課後。四人で下り電車に乗り、みつばから二つ先の駅で降りて、シネコンに行った。十七時五分の回だから、それでちょうどよかった。

　平日のためか、映画館はガラガラだった。入りはおよそ二割。真ん中あたりの席に、四人並んで座ることができた。高校生三名以上で一人千円になる割引制度を利用できたので、それも大いにたすかった。

　席の並びは、尚人、桃子、未来、ぼく。たぶん、尚人がそれとなく誘導してそうなった。さすがキャプテン。と言ったのは、桃子ではない。ぼくでもない。未来だ。未来は尚人にじゃなく、ぼくに向けてそう言った。

『渚のサンドバッグ』は、とてもおもしろかった。あちこちで何度も、声を出して笑った。

鷲見翔平も悪くなかったが、それ以上に、名門ボクシング部の酔いどれ監督を演じた前島源治がよかった。最近よく見るようになった脇役専門の俳優だが、やり過ぎ一歩前というところで踏みとどまって、映画全体を締めてる印象があった。口癖は、遠慮すんな。それが五十嵐の妥協すんなとかぶるところもおもしろかった。

さすがに泣くまではいかなかったものの、つくり手の狙いどおり、しんみりとはさせられた。試合の数日前に酔いどれ監督が亡くなり、その娘役の東田沙鳥が声を出さずに涙を流す場面ではちょっとあぶなかったが、どうにかこらえた。見れば、桃子は本泣きで、尚人と未来はやや泣きだった。自分は冷たいのかと、少しあせった。

上映が終わると、席を立ち、男女に分かれてトイレに行った。

男子トイレで、その日初めて、ぼくは尚人と二人で話をした。

もし例のことが事実なら、尚人は女子とデートなんていやじゃないのかな。映画を楽しむ一方で、ぼくはそんなことを考えてもいた。とはいえ、こちらから尋ねたりはしないつもりでいた。

用をすませ、二人して鏡の前で手を洗ってるときに、尚人が自ら言った。

「よかったよ」

「うん。よかったね。おもしろかった」

「いや、映画じゃなくて」

「ん？」

鏡に映った尚人を見る。鏡のなかの尚人は、ぼくの実物を見てる。

「少なくとも、女子に魅力を感じないってことはなさそうだ」

「あぁ」

「確かにさ、女子には、男子にないものがあるよな」

「かもね」

「って、これ、大地が言ったんだよ」

「そうだっけ」

「そう。ずっと耳に残ってたんだ。何となく、わかってきたよ。はっきりこうと言えるようなもんじゃないけど、やっぱりあるよな、そういうちがいって。同じ言葉を聞かされるんでも、男女では響きがちがったりとか」

「うん。あるね」

「それにしてもさ、未来が大地を選ぶとは思わなかったよ」

「おれもだよ。話を聞いて驚いた」

「選んでくれてよかったよ。未来に誰かを選ばせるって桃子から聞いたとき、大地にしようって、おれのほうから言っちゃうとこだった」

「それ、実際に言ってないわけ？」

「言ってないよ」

「何だ。少しはそういうことが未来に伝わってるのかと思ってた」

「おれは何も言ってないよ。ほんとに」

「じゃあ、桃子が気をまわしたのかも」

「それもないだろ。それじゃあ、選ばせることになってない」

「となると、未来自身が気をつかったんだ。いいマネージャーになりそうだな」

「真乃に迫るくらいのな」

「うん」

「さて、行くか。トイレで男二人、長々と何をしてるのかと思われたらマズい」そう言って、尚人は鏡のなかで笑った。「おれの場合は、特にマズい」

そんなことを自分で言えるんだから尚人はカッコいいよな、とあらためて思う。

それから、四人でアイスクリーム屋に入った。晩ご飯は家で食べるよう、未来が両親に言われて来たとのことで、ハンバーガー屋がそのアイスクリーム屋に変更になったのだ。

そこでは、高いがうまいアイスを急いで食べつつ、ナギサンの感想を言い合った。

「鷲見翔平の体、すごくなかった？　腹筋、割れ割れ」「何ヵ月か、ほんとにボクシングジムに通ったらしいよ」「沙島ちゃんもかわいかった」「あの涙にはウルッときました」「まだ十一歳でしょ？　末恐ろしいよね」「前島源治もよかった。シブかったよ」「というか、高三でそこに目がいく大地先輩がシブいですよ」

尚人と桃子とは、駅で別れた。図ったわけじゃない。二人は下り電車に乗り、未来とぼくは上り電車に乗るので、当たり前にそうなるのだ。

未来の下車駅も、ぼくと同じみつばだった。住んでるのは、四葉。駅の東口から出るバスに乗って、その四葉に帰るのだ。

四葉は同じ蜜葉市だが、みつばとちがって、埋立地じゃない。みつば地区が造成される前は、蜜葉市役所もそちらにあったという。最近は戸建てなんかも増えてるが、まだまだ木々や畑が多く残されてる地区だ。みつば駅があるJRと並行する私鉄の四葉駅があり、二つの駅はバス路線で結ばれてる。

普段は自転車通学だが、今日は帰りが遅くなるとのことで、未来はそのバスで学校に来た。みつば駅からなら、家まで歩いても三十分ぐらいらしいが、さすがに午後八時すぎにそうさせるわけにもいかない。といって、バス停に未来を一人残してさよならするのも気が引けたので、バスが来るまでは一緒にいることにした。

悪いからいいですよ先輩、と未来は言ってくれたが、バスに乗るとこまで見送るよ、とぼくは返した。ひょっとしてありがた迷惑かな、と微かには思いつつ。

でもその言葉を口にしたのは、未来だった。バス停に並んでるほかの人たちからは少し離れたところで立ち止まり、ぼくに言う。

「大地先輩、迷惑でした？　わたしが桃子先輩に、大地先輩がいいなんて言っちゃって」

「まさか。迷惑じゃないよ。尚人もいたし、ナギサンも観たいと思ってたし」

「じゃあ、やっぱり、うれしくはなかったですよね？　わたしなんかに選ばれても」

「あ、いや、そんなことないよ」とあわてて言う。「うれしかったよ。それはそうでしょ。未来が気をつかってくれたんだとしても、それはそれでうれしいよ」

「わたし、気をつかってなんかいませんよ。誰がいい？　って桃子先輩に訊かれたとき、真っ先に大地先輩が浮かびましたもん」

「それは言いすぎでしょ」

「気をつかってくれたのは、大地先輩のほうじゃないですか。わたし、すごくうれしかったですよ、大地先輩が来てくれて。というか、相手がわたしでもいいやと思ってくれて」

「相手が未来でいいやなんて、そんなエラソーなこと思ってないよ。逆に、おれなんかに声をかけさせちゃって悪いなと思ったくらいで」

「声をかけさせちゃってって何ですか」

「いや、だって、ほんとは悟とか修介のほうがよかったでしょ。でなきゃ、同い歳の貴臣とか。ほかにもたくさんいるよ」

「何でそんなこと言うんですか。もしかして、大地先輩、女子がきらいなんですか？」

「え？」

「ちょっと言いにくいんですけど、男子が好きだとか」

「まさか。それこそまさかだよ。誰かがそんなこと言ったの？」

「誰も言いませんけど。大地先輩、何ていうか、女子にそれほど興味なさそうだし」

「そんなことないよ。って、自信満々に言うことでもないけど、でも、そんなことないよ。女子は大好きだよ。って、これもまた変だけど、男子より女子のほうが好きだよ。というか、男子も好きだけど、それは友だちとしてであって、友だちとかそういうんじゃないほうで好きなのは女子だよ。これはほんと。絶対ほんと」

「いや、あの、わたしもそこまで疑ってたわけじゃ」

「あぁ。そうか。まあ、そうだよね」

　尚人といた直後にそんな話が出たせいか、ついあせってしまった。カッコ悪い。悪すぎる。何なんだ、友だちとかそういうんじゃないほうって。

「大地先輩、すごくカッコいいです」

「は？　何それ。言われたことないよ、そんなの。カッコいいっていうのは、尚人とか悟みたいな人でしょ。あとは、鷲見翔平とか」

「尚人先輩も悟先輩も、それから鷲見翔平もカッコいいですけど、大地先輩はそういう人たちとはちがった感じでカッコいいです」

「ちがった感じ？」

「はい」

「って、何?」

「部に入ってまだ三ヵ月なのにそれこそエラソーなことは言えないですけど。わたし、大地先輩を見て感心しました。人の心がわかる人なんだなって。人を思いやれる人なんだなって。ほんと、尊敬します」

驚いた。驚いたうえで、呆(あき)れた。未来は、ぼくを誰かとまちがえてる。いや。三ヵ月も同じ部にいてまちがえるはずはないから、言い換える。未来は、理想的なイメージの誰かにぼくを寄せすぎてる。ただ単に歳が上であることを、いいようにとらえすぎてる。

「人の心がわかるのは尚人でしょ。それを言ったら悟もそうだ。その点から見たって、二人のほうがおれよりずっと上だよ。カッコよくて、ずっと上」

「お二人もそうなんですけど、大地先輩は、やっぱりちょっとちがいます。何ていうか、サッカー部員だから同じサッカー部員によくするっていうんじゃないんですよ。相手が部員じゃなくたって、よくするんですよ。よくしちゃうんですよ、きっと。その意味では、逆に、一番、サッカー部ってものに縛られてない感じがします」

いやいや。ちがいますよ。ガッチガチに縛られてますよ。レギュラーだとかレギュラーじゃないだとか、そういうことにいちいち振りまわされてますよ。もう、ブルンブルンですよ。

「もしそう見えるなら、おれはちょっとズルいな。そんな出来た人間じゃないよ、おれは」

「まだ高校生で出来た人間なんていませんよ」と未来は言う。夜にひときわ映(は)える、邪気(じゃき)のない白うさぎのような顔で。「もうそれが当たり前になってるから、みなさん、気づいてないんだと思います。大地先輩は、欠かせない潤滑油(じゅんかつゆ)なんですよ。大地先輩がいるから、サッカー部は成り立ってるんですよ」

欠かせない潤滑油。ぼくがいるから、サッカー部は成り立つ。

バカな。

「なのに大地先輩は、そういうのをちっとも感じさせない。それって、ほんとにすごいことだと思います」

「感じさせないも何も、おれ自身、まるっきり感じてないからね」

「そうなんだろうな、とも思います」と未来は笑う。

白うさぎが笑うのかどうかは知らない。でも笑ったら、たぶん、こんな顔になる。

「何でおれがそう感じないかって言うとさ、それは、実際にそうじゃないからだと思うんだけど」

「そんなことないですよ。もしみなさんに同じことを話したら、きっとわかってくれると思います。大地先輩の存在は大きいですよ。わたしなんかにしてみれば、ほかの誰よりも大きいです」

結構大胆なことを、未来はさらりと言った。存在は大きい。あくまでもマネージャーとして見たときに、という意味だろうか。ぼくが勝手に大胆ととらえただけだろうか。

「あ、バス来ちゃいました。残念」とその未来が続ける。

バスはゆっくりと近づいてくる。顔で言う額(ひたい)のあたりに、四葉神社という行先が見える。そして到着し、前のドアが開く。

「じゃあ、先輩、今日はありがとうございました。ほんと、楽しかったです。出たいですね、大会」

「うん。出たいね」

「すいません。一緒にバス待たせちゃって」

「いや、いいよ」

二十人ほどのお客さんを乗せると、バスはドアを閉め、またゆっくりと去っていく。ここが始発ではあるはずだが、長停まりはしない。

徐々に小さくなるバスの後ろ姿を見送りながら、今別れたばかりの未来の顔を思い浮かべる。その顔が、何故か真乃の顔へと変わる。未来にあれこれいいことを言ってもらえてうれしい。すごくうれしい。なのに、そうなる。

宮島大地。その存在の小ささを感じる。器の小ささを感じる。

🏠

二十分歩いて家に帰ると、意外にも伯母さんがいた。同じく帰ってきたばかりらしい。

まだ午後八時半すぎ。早い。

「ずいぶん遅いわね」と言われる。

不意を突かれたので、言い訳の用意がなかった。だから事実を言ってしまう。

「映画を観てきたんだ」

「映画？」

「うん。まだ練習はないから、みんなで」

「あぁ。そういうこと。ただ、それにしても、ちょっと遅くない？」

「いや、ほら、四葉までバスで帰る子がいて、そのバスが来るのを待ってた」

「もしかして、女子？」

「女子というか、マネージャー」

「マネージャーは、女子でしょ？」

「まあ。うん。一年生だから、バスに乗るところまでは見届けないとと思って」

「へぇ」

「何？」

「やるわね」

「やらないよ、別に」

「マネージャーといえば、真乃さんは元気？」

「え？」

「真乃さん。新沢真乃さん。三〇二号室の。あの子もマネージャーでしょ？」

「そう」

名前まで知ってるのか。まあ、会えばあいさつをするというんだから、そのくらいは知ってるか。

「こないだ、ブランコに乗ったんだって？」

「は？」

「そこの公園で」

「そんなことまで話したの？」

「ええ。真乃さんが話してくれたわよ。大地のことよろしくねって言っておいた」

「よろしくって」

「部員としてよろしくって意味よ」

「そりゃそうだけど」

「ひょっとして、デートだったの？」

「まさか。帰りが一緒になって、ちょっと公園に寄道しただけだよ」

マズい。どんどん事実を明かしてる。

「それで、ブランコに乗ったわけ？」

「そう」

「ますますデートみたい」

「ちがうよ。そういうんじゃない。公園に行ったら、ブランコぐらい乗るでしょ」

「高校生でも？」

「高校生でも」

そこではそう言った。あのとき真乃には、中学生でも乗らないというようなことを言ったのに。

「かわいい子ね」

「そうかな」

「美人さんてタイプではないけど、かわいい。かわいいだけじゃなくて、芯もありそう。あの髪の短さ、わたしは好き」

どうにか話をそらすべく、言う。

「向こうも伯母さんのことをカッコいいって言ってたよ。仕事ができそうだって。ああなりたいって」

なりたいとまでは、言ってない。そこは話を盛った。大げさにした。

「うれしいけど、それは複雑だわね」

「何で？」

「実際以上によく見られてる感じ」

「そんなことないよ。何ていうか、人を見る目はある子だと思うよ」

「なら、うれしいだけにしとく。複雑はなし」

「伯母さんは、今日、何で早いの？」

「予定がキャンセルになって、時間が空いたの。じゃあ、帰っちゃえって。たまにはいいでしょ、そういうのも。大地、ご飯は？」

「まだ」

「どうするつもりだった？」

「えーと、焼きうどんか何かつくろうかと」

「焼きうどん！　おいしそう」

「食べるんなら、つくるけど」

「食べたい」

「カロリーとか、結構高いと思うよ。ソース焼きうどんにするつもりだから」

「それもたまにはいい」

「じゃ、つくるよ。カレー焼きうどんも考えてたんだけど、どうする？　普通のしょうゆ味にしてもいいし」

「うーん」と伯母さんは考える。考えに考えて、結論を出す。「ソース！」

「うん。じゃあ、ソース」

「ねぇ、わたし、ビール飲んじゃってもいい？」

「いいよ」

うがいに手洗い、それに着替えをすませ、さっそくソース焼きうどんづくりにかかる。

フライパンを温めて、油を引く。伯母さんご贔屓の、わりと高い植物油だ。

豚肉を入れる。キャベツも入れる。もやしも入れる。にんじんも入れる。ピーマンも入れる。ツナフレークも入れる。タコさんにはしない赤ウインナーも入れる。最後にうどんとソースを入れる。

ジュウジュウと炒めながら、考える。

どうするかは、大地が自分で決めて。そう言われてから、五日。伯母さんは何も言ってこない。ぼくも何も言わない。いずれ言わなきゃとは思うけど、まだ何一つ整理できない。父にスマホの番号を教えたことは、いまだに黙ってる。電話がかかってきたことも、黙ってる。そのことを知ったら、伯母さんはすごくいやな気持ちになるだろう。父がぼくに番号を訊いたり電話をかけてきたりしたことよりも、こうやってぼくがそれを隠してることを知ったら。

隠すのは、誰のためだろう。伯母さんのためか？　それとも自分のためか？

ソース焼きうどんは、二十分ほどで出来上がった。

味付けはいくらか薄めにした。そうは言っても、ソースはソース。高校生男子には薄くても、伯母さんには濃いかもしれない。

「せっかくだから、あったかいうちに食べて」と、ぼくはいっぱしの料理人のようなことを言う。入試に失敗したら料理人の道に進もうか。そんなことさえ考える。

伯母さんは小さなボトルのビールをグラスに注ぎ、いただきますを言って、ソース焼きうどんを一口食べた。

「おいしい！」と、かなり大げさに声を上げる。

「まだキャベツを食べただけでしょ」

「おいしいかどうかは、初めの一口でわかるもんよ」

うそっぽい。おいしいにもいろんなおいしいがあると前に伯母さんは言ってたから、これは下のほうのおいしいかもしれない。でもそう言われてうれしくないこともない。少なくとも、これだけは言える。このソース焼きうどんは伯母さんのためにつくった、と。

キングはまだ学校に来ない。ＬＩＮＥでのやりとりもない。

退部手続きは、さすがに完了したらしい。だからもうサッカー部員じゃない。元部員という感じも、まだしないけど。

返事がないならないでいいと思い、メッセージを送ってみた。

〈することがなくて退屈なら会おうよ〉

こんな返事がきた。

〈毎日反省文を書くだけだから会おう〉

その日も部の練習はなかったので、午後四時半に待ち合わせをした。キングの自宅の最寄駅、その駅ナカにあるカフェでだ。駅ナカと言うと大げさに聞こえるかもしれないが、大した駅じゃない。駅ナカにはそのカフェしかない。そんな駅。

約束の五分前に着いたが、キングはもうすでにカフェにいた。一人でアイスコーヒーを飲んでる。学校から直行したぼくは制服姿だが、キングは私服姿、Ｔシャツにハーフパンツにサンダル履きだ。久しぶりに会うからか、長めの髪がさらに伸びたように見える。

駅の通路に面したカウンター席に並んで座る。テーブル席も空いてたが、要するにキングがそちらを選んだのだ。狭い店で向かい合わせに座るのは気づまりだと考えたのだろう。

「待たせてごめん」とぼくが言い、

「まだ時間前だよ」とキングが言う。

ホットコーヒーにミルクを少しだけ入れて、一口飲んだ。

「で、何?」と訊かれる。

「何ってこともないけど」

「何か話があって来たんだろ?」

「いや、特に話があるわけでは」

「サッカー部を代表して来たんだよな?」

「あ、いやいや、ちがうよ。そういうことじゃない。みんなには言ってないよ。おれがここにいることは誰も知らない。悟とか利実も」

「マジで?」

「マジで」

「ほんとにマジ?」

「ほんとにマジ」

「それも、何ていうか、何だな」

「何、だね」

「近いうちに尚人か誰かが来んだろうと思ってたよ。正直、ちょっとめんどくせえな、とも思ってた」

「尚人も、考えはしたみたいだけどね」

「考えて、やめたのか。さすがキャプテン」

言葉に皮肉が混じる。キングの気持ちをつかみきれない。五十嵐がきらいなのか。それだけじゃなく、サッカー部もきらいなのか。

「で、来んのが大地だとわかって、今度は、ひでえなって思ったよ。こういうことには大地をつかうのかよって」

「いや、ほんとにさ、おれはつかわれたわけじゃないよ。来ようと、勝手に思ったんだ。じゃあ、初めに言っとくよ。このあとも、キングに会ったことは誰にも言わない」

「別にいいよ、そんなの」

「ここにいるのは誰も知らない。それはほんとだよ」

「疑ってねえよ。そんなうそつかないだろ、大地が」

そう言ってくれるとたすかる。ぼくはよくつまらないうそをつくが、偶然にも、今のこれはうそじゃない。

「敬吾に聞いたよ。練習、ないんだろ？　今も」

「うん。だからこうやって、来られた」

「それ、おれのせいか？」

「ん？」

「部の練習がないの」

「あぁ。ちがうよ。キングのせいじゃない。だって、キングは五十嵐に、やめますって言ったんでしょ？」

「言った」

「じゃあ、キングのせいじゃないよ」

「五十嵐にはさ、やめるのはいつでもできるからもう一度よく考えてみろって言われたんだ」

　ということは。やっぱりやめてなかったってこと？

「けどおれは、もう充分考えましたからって言った」

　ということは。やっぱりやめてたってこと？

「そう言ってたんなら、キングのせいではないと思うよ」

「なら、五十嵐のせいか？」

「うーん。それも、何とも言えないけど。でもキングのせいじゃないってことは、まちがいない」

キングがストローでカップのアイスコーヒーをかきまわす。氷がジャラジャラ鳴る。キングがわざと鳴らしてるのがわかる。

「みんなは何て？」

「何とも」

「何とも、か」

「いや、ほら、無反応ってことじゃなく、特に聞いてまわってはいないって意味。でも、練習がなくなったことをキングのせいだと思ってる部員はいないと思うよ。五十嵐がそこはきちんと説明したし」

「したんだ？」

「したね。おれのせいだって言ったよ、みんなの前で」

「じゃあ、タバコのことは、みんな、どう言ってる？」

「それも聞いてはいないけど」

「アホだと思ったろうな」

「どうだろう。よくわかんないよ」

「大地は？」

「うーん」

「正直に言えよ」

「思っちゃったかな、少し」

「そりゃ思うよな。吸ったこともアホだし、見つかったこともアホだ。どっちかって言うと、見つかったことのほうがアホだ。何か、こう、クサクサしてさ、気がついたら、吸っちゃってたんだよな。歩きながら」

「もしかして、制服姿で？」

「そう。そしたらさ、後ろからバイクの警官が来やがんの。マジかよって思ったよ。その警官にしたって、マジかよ、だったろうな。バイクで走ってたら、前を歩いてた制服の高校生がいきなりタバコを吸いだすんだから。まあ、パトロールの成果といえば成果だけど。実話だぜ、これ」

「ハンバーガー屋の喫煙席で吸ってた、とかじゃないんだ？」

「吸わねえよ、店で。アホはアホだけど、おれはそういうアホじゃない」

警官に見つかったという部分だけが事実。そういうことか。

「反省文、書かされてるんだ？」と訊いてみる。

「書かされてるよ。これがさ、十日で一つ書けっていうんじゃねえんだよ。一日一つ書いて十個出せっていうんだ」

「日記じゃん」

「そう。マジでそう。日記なんだよ。思うことは毎日変わるだろうから、一日ごとにそれを書けとさ」

「思うこと、変わる？」

「変わんねえよ。毎日、すいませんでした、もうしません、ばっかり。新しく別の言葉をひねり出すのが大変だよ。まさか、見つからないように気をつけます、とは書けねえし。ほんと、アホなことしたよ。カゼをひいてるわけでもないのに平日に家にいんのって、結構ツラいんだ」

「会おうってこっちから誘っといて言うのも何だけど。外に出ちゃって、いいの？」

「それはだいじょうぶ。というか、ほんとはダメなんだけど、午後六時に家にいればだいじょうぶ。そのころに電話かけてくんだよ、担任が。おれのスマホにじゃなく、家の電話に」

「あぁ。いるかどうかを確かめるわけだ」

「そう。まあ、六時に電話かけるって言っちゃってんだから、あんまり意味はないけどな。実際、こうやって外に出てるし」

「それにしたって、いやじゃない？」

「いやだな。プレッシャーにはなるよ。外に出てても、何か落ちつかねえし。四時ぐらいからはもう、時間見てばっかだよ」

「そう甘くないんだね、停学って」

「あ、これ、停学じゃねえんだよ。キンシンなんだと」

「キンシン？　あぁ。自宅謹慎の、謹慎だ」

「そう。謹慎だと、普通は学校に出てって休み時間だけは別の部屋、みたいになったりすんだけど、ウチはこうなんだと」

「謹慎と停学は、どうちがうの？」

「停学は、上に報告されて、公的な処分になるらしい。だから、前科じゃないけど、記録に残っちゃうってことだな」

「謹慎だと、そうはならないんだ？」

「らしい」

「よかったじゃん」

「まあ、よかったよ。その代わり、テストなんかもあったんで、期間はちょっと長くされたけど」

キングがまたしてもストローでアイスコーヒーをかきまわす。氷が小さくなったせいか、ジャラジャラいう音も小さくなる。コーヒーが渦を巻く。さっきより回転が速い。

「親父はともかく、母ちゃんはほっとしたみたいだよ。初めは停学って言われてたから」

「それが、謹慎になったの？」

「ああ」

「お父さんとかお母さんが、頼んだから?」

「そうじゃない。何でかは、よくわかんない。学校としても、できれば出したくないんだろ。退学者とか停学者を」

「五十嵐が頼んだんじゃないのかな、校長先生とかに」

「さあ。どうなんだろうな」

そうなんだと思う。たぶん、的外(まとはず)れな推測ではない。ぼくが五十嵐ならそうするだろう。ぼくに限らず、たいていの人が五十嵐なら、そうするだろう。タバコを吸ったのはその生徒が悪い。でも自分のミスでその生徒にさらなる重荷を背負わせることは避けたいはずだ。たとえそれが、ミスとは言えないようなミスでも。

そのくらいのことは、キング自身、わかってるだろう。五十嵐が自分のために動いたのでは、という推測くらいするだろう。

「大地はさ、ほんと、いいやつなんだな」

「そんなことないよ」

「いや、いいやつだよ」

ほめられてるのだと思った。また買いかぶられてるのだと思った。ここまでは。

「それはすごくわかるんだ」とキングは続ける。「マジでスゲえと思うよ。立派だと思うよ。けど、おれはお前みたいにはなれない」

「おれはお前みたいに五十嵐を持ち上げる気にはなれないってこと」

「どういうこと？」

「おれ、持ち上げてる？」

その質問に答える代わりに、キングはこんなことを言う。

「結果として五十嵐の見る目が正しかったってのは認めるよ。利実はいいキーパーになったし、おれよりずっとうまい。それも認める。だから利実に対してどうこうってのはない。こないだくれたメッセージは無視しちったけど、まあ、ない。でも五十嵐は、やっぱ無理だわ。何だろうな。理屈じゃなく、無理だわ。大地みたいに心が広くねえんだ、おれ。五点もとられて負けました、だからフォワードだったやつをキーパーにしてみました、それがうまくいったんでそっちをレギュラーにしました。そんなふうにレギュラーを外されて、ヘタなんだからしかたねえなって、ヘラヘラ笑ってらんねえわ。いいやつのふりとか、できねえわ」

「それは、わかるよ」

「わかるか？　ほんとに」

「うん」

「口先だけでテキトーなこと言うなよ。わかるわけねえだろ、レギュラーになったこともねえやつに」

鋭い言葉がきた。矢のように、先が尖った言葉だ。

中学のときにも、言われたことがある。一字一句、覚えてる。言われるようで、実際に直接言われることはあまりない言葉だから。

中学の部で、試合に負けたあと、ベンチから見ての意見をキャプテンに求められた。だから、言った。攻撃と守備の切り換えがもうちょっと早ければ、とかそんなようなことを。つまり、ありきたりなことを。

すると、同学年のフォワードに、舌打ち交じりに言われた。レギュラーじゃねえやつは黙ってりゃいいのにな。そして、そっぽを向かれた。

レギュラーじゃないやつは黙ってろよ、ならまだよかった。はっきりと自分に言われたんだから、言い返すこともできる。謝ることもできる。でもそれさえ許されなかった。べしゃんと上から踏みつぶされた感じだった。

今のキングのこれは、それともまたちがう。キングは、どちらかといえばぼく側なのだ。そのキングに言われた。衝撃は大きい。

キングはアイスコーヒーを飲み、さらに小さくなった氷をシャリシャリと噛み砕いた。

苛立ちが音に出る。

「悪いけど、おれ、お前みたいなの、いやなんだよ。レギュラーになれねえのに、仲間ヅラして部にいたりすんのは」

ダメ押しの言葉だ。あ、マズい、と思ったときにはもう、矢が胸にグサリと刺さってた。あぁ、マズいマズい、と思いながらも、ぼくは自分の胸に刺さったその矢を見てる。見下ろしてる。

レギュラーになれない。それはいい。事実だから。

仲間ヅラ、が効いた。

仲間ヅラ、しちゃってんのかな。部に居場所を見つけられたなんて、錯覚だったのかな。同学年にも後輩にも、実は笑われてたのかな。人の心がわかる人。人を思いやれる人。そんなことを二歳も下の女子に言われて舞い上がった、ただのバカ。似た境遇の郷太とうまく話せたからといって、こうしてキングにまで会いに来た、史上空前のバカ。それがぼくなのかな。

キングに会って、いったいどうするつもりだったんだろう。自分ならキングを励ますことができるとでも考えてたんだろうか。

そう。考えてたのだ。三年で唯一レギュラーじゃないぼくだからこそ、キングを励ますことができると。唯一その資格があると。それはちがった。むしろ逆だ。ぼくは、今のキングに一番近づいちゃいけない人間だったのだ。

ごめんとキングに謝るつもりで口を開く。でも。

「ふざけんなよ。お前、マジでふざけんなよ」

その口から、意とはまったく別の言葉が出た。

大きな声じゃない。早口でもない。妙に落ちついてる。気持ちがしんとしてる。不意に風が止んだみたいに。

キングが驚いてぼくを見る。気配でそれがわかる。ぼくはガラスの大窓の外、見たところで楽しくも何ともない駅の通路を見てる。

口はなおも動く。

「いつも特等席で試合を観られて楽しいと思ってるとでも、思ってんのかよ。走りまわらないから疲れなくていいと思ってるとでも、思ってんのかよ。だからレギュラーにはならなくていいと思ってるとでも、思ってんのかよ」

そこまで言って、やっと口を閉じた。閉じたら閉じたで、今度は開かなくなる。

キングと二人、並んで窓の外を見る。

通路を何人かが通った。スーツ姿のサラリーマンらしき人も通った。買物帰りらしきおばちゃんも通った。女子高生も通った。西高の制服を着てるから、高校生とわかる。視線を感じたのか、彼女がチラッとこちらを見る。自分が西高を受け、受かってたら、あの彼女とクラスメイトになってた、なんてこともあるのかな、と思う。そしたらぼくは、サッカー部に入ってなかったのかな。自分がレギュラーだなんてうそをつくこともなかったのかな。

「ちがうんだ」とキングが言う。「本気で言ったわけじゃない。大地がどうこうじゃないんだ。おれは大地みたいにやれないってことを言いたかっただけで。悪い。ここ何日か、やっぱ、こう、イラついちゃってさ」

本気で言ったわけじゃない。そうなんだと思う。でもそれは、本気でぼくを痛めつけようとしたわけじゃない、という意味だ。本音ではあるのだと思う。

「とにかく、停学じゃなくてよかった。じゃあ、もう帰るよ」

「ああ。みんなによろしく」

「よろしく言ったら、おれがここに来たことがバレちゃうよ」

「あ、そうか。けど、まあ、いいよ。大地にまかせるわ、その辺は」

イスから立ち上がり、コーヒーの紙カップをごみ箱に捨てて、店を出る。

改札口に向かって歩きながら、振り向いた。

キングはまだカフェのカウンター席に座ってる。

じゃあ、と軽く右手を挙げる。

キングも挙げ返す。

ぼくらのあいだには、すでに壁があった。その壁はガラスだから見通すことはできる。でも確実に存在した。ぼくとキングは、サッカー部員と元部員になった。

停学じゃなく謹慎だったのなら、キングは秋の文化祭のライヴに出られるはずだ。ぼくらはみんなでそのライヴを観るだろう。スゲえよかったよ、なんて口々に言うだろう。そのときにはぼくらも引退し、元サッカー部員になってる。それでもやっぱり、ガラスのような壁は残ってるかもしれない。前にも言ったように、どちらに原因があるということじゃなく。

顔を前に向け、自分の胸を見下ろす。矢はもう刺さってないように見える。

ぼくは言わなくてもいいことを言った。言ってしまった。

心がヒリヒリする。でも不思議と後悔はない。

ほらね、郷太。ぼくは神様でも仏様でもないんだよ。というか、異星人ですらないよ。異星人なら、レギュラーとかそういうの、気にしないだろうし。

いや、ちがうか。異星人にだって、たぶん、あるよな。レギュラーという概念くらい。

ぼくは自分の胸に刺さった矢を抜くことができる。また、別の種類の矢を放つこともできる。別の種類の矢。恋の矢だ。

受験生であろうと、キューピッドにはなれる。

それはぼくの意見じゃない。桃子の意見だ。異論はない。反論はちょっとしたいが、異論はない。

悟に告白したがってるのは、桃子の友だち、二年のリホという子だ。クラスはちがうが出身中学が同じらしい。そのリホが、桃子に仲介（ちゅうかい）を頼んできた。悟本人への仲介をじゃなく、キューピッドであるぼくへの仲介をだ。キューピッドへの橋渡し。いわば橋渡しへの橋渡し。本当にまどろっこしい。

でもぼくは桃子の頼みを断らなかった。尚人をあきらめない桃子、困難に立ち向かう桃子、を密かに見直したからかもしれない。

悟に矢を放つのは、一年のときから数えて五度めか六度めなので、もうすっかり慣れてる。二年の夏から冬にかけて、悟はそのうちの一人、多恵（たえ）という子と付き合ったから、尚人のようなことはないとわかってもいる。

というわけで、昼休み。ぼくは悟の教室を訪れた。

ぼくの姿を見ただけで、悟は言う。

「何、また？」

言うだけで、悟はいやがらない。のではなくて、いやがってはいるのかもしれないが、めんどくさがらずに話を聞いてくれる。ぼくの立場を察してくれてるのだ。

「じゃ、上行くか」と悟が提案する。

上というのは、屋上のことだ。みつば高の校舎は四階建てで、屋上は開放されてる。危険だからそれはやめようとの話も度々出るが、生徒たちからの強い要望もあって、閉鎖には至ってない。

実際、屋上に行くのはいい気分転換になる。グラウンドに出るのとはまたちがい、何か新鮮な気持ちになれるのだ。

そこからは、少しだけ海が見える。マンションとマンションのすき間から見えるだけ。しかも、決してきれいとは言えない東京湾。でもそこまで距離があると、水の汚れは気にならない。海が見えること自体が大きいのだろう。人間、空の次にはやはり海を見たくなる。試合にボロ負けしなくても、見れるなら見たくなる。

梅雨(つゆ)の晴れ間。昼休みの屋上には、いつものように多くの生徒たちがいた。女子同士のグループ。男子同士のグループ。カップル。一人。それぞれにおしゃべりをしたり、スマホをいじったりしてる。

海が見える西側。そのコンクリートの縁にもたれる。

各学年の女子たちが悟をチラチラ見てるのがわかった。何か落ちつかない。でも悟は気にしない。慣れてるのだ。

「こうやって大地と二人で話すのは久しぶりだな」

「そういえばそうかも」

「こないだは悪かった」

「ん?」

「ほら、貴臣のあれ」

「あぁ」

「大地の代わりにおれが貴臣を蹴った、みたいな感じになっちゃったろ? 大地、ちっとも怒ってなかったのに」

「いいよいいよ。怒ってなかったけど、貴臣も謝ってくれたし。って、その言い方は変だ。怒ってなかったのに謝ってくれた、か」

「あのあと、おれも謝ったよ、貴臣に。手を出して、じゃなく、足を出してごめんて」

「貴臣は、何て?」

「こっちもすいませんでしたって」

「そっか。ならよかったよ」

「でも、ああいうとき、大地はやっぱり怒っていいんだよ」

郷太にも、似たようなことを言われた。ゴールキーパーの代役をやってくれと五十嵐に頼まれても断ればいいのだと。

確かにそうかもしれない。ぼくは練習台のキーパーなんかやりたくないと五十嵐に断り、一年のくせに三年をバカにすんなと貴臣を怒鳴りつけるべきなのかもしれない。そうしてもいいのだと、頭ではわかる。でも心がそれを望んでない。いや、望んでないことはない。だからキングにはああ言った。それで気が晴れたかといえば、そんなこともない。あのときは、最後の最後のところで自分を守る必要があった。自分に刺さった矢を、自分で抜く必要があった。

「おれさ」と悟は続ける。「謝ったついでに、ちょっと先輩風を吹かせちゃったよ。10番のユニフォームを、貴臣に譲った」

「え、そうなの？」

「そう。譲ったというよりは、強引に押しつけた。10番は一番うまいやつがつけるべきだからって。これは三年からの命令だって」

「貴臣は？」

「じゃあ、もらいますって」

貴臣らしい。貴臣らしいし、その前にまず、悟らしい。

そもそも悟は、去年の秋に新チームがスタートした段階で、その10番をほしがらなかった。お父さんがサッカー好きの哲に自らすすめたりもした。ボランチで10はないだろ、と哲からは言われ、悟しかいないよ、とほぼ全員から言われ、しかたなくつけたのだ。自身が貴臣につけさせるのとまったく同じ理屈で。

「それは、引退するときでよかったんじゃないの？」とぼくは悟に言う。

「いや。今でいい。何かすっきりしたよ。貴臣が部に入ってきてくれてよかった。あいつになら堂々と譲れる。ほんとはさ、四月の練習の初日に譲ってもよかったんだ。明らかにこいつのほうが上だってわかったから」

「でも10番は最後まで悟でいいとおれは思うよ。みんな、いざってときに頼るのは悟だし。ベンチから試合を見てるとさ、そういうの、すごくよくわかるよ。相手からボールをとって、さあ、どう攻めようってなったとき、みんな、やっぱり悟を探すんだ。みっ高レベルじゃ、木を見て森も見るなんてことはできないよ。どうしても悟を見る。10番を見る。ほかの十人、みんな、そうだよ」

「慣れてるからだろ。次からは貴臣を見ればいい。そのほうが点をとれる確率は上がる」

悟は小さく切りとられた海を見て言う。「おれさ、今より中三のときのほうがうまかったような気がするよ。体は成長してんのに、技術はまったく伸びてない。ユースに上がれなかった時点で、いさぎよくやめるべきだったのかもな」

「でもうらやましいよ。悟はずっとレギュラーなんだから。レギュラーじゃなかったことなんて、ないでしょ？」

「まさか。あるよ。ジュニアユースの初めのころは、試合に全然出られなかった。出られないのは二、三人。そのうちの一人。ずっとベンチ。出ても最後の五分とか、その程度。一年二年とそれが続いてさ、中三のときに、やっとどうにか試合に出られるようになったんだ」

「三年でそれなら、そのジュニアユースのなかでもトップってことだよね？」

「ああ。自分でもちょっと期待したんだよ、このままユースに上がれるんじゃないかって。ダメだった。甘くなかったよ。ショックだったな。こいつよりはおれのほうがうまいと思ってたやつが上がったりもしたから。今になればわかるんだ、将来性を見るってのはそういうことなんだなって。だからさ、おれ、自分がレギュラーだなんて意識を持ったことは一度もないんだよ。試合に出てたときだって、とてもそんなふうには思えなかった。毎回ひやひやするんだ、コーチに名前を呼ばれるかどうかで。自分がレギュラーだなんてのんきに思えたのは、サッカーを始めたばっかの、小学校低学年のときぐらいかな」

「今は思えるでしょ。このチームで悟がレギュラーから外されることは、絶対にないんだし」

「思えないよ」と悟はあっさり言う。「今さらサッカーでレギュラーになれたとは思えない。何ていうか、もう、大事な時期は過ぎたんだよ」

意外な言葉だが、ストンと腑(ふ)に落ちた。ぼくにはとてもできない考え方だ。酒井くんや利実のそれとはまたちがう。

何であれ、信じられない。悟が自分をレギュラーだと思ったことがないなんて。うまい人にはうまい人の悩みがある。それを贅沢(ぜいたく)な悩みだと他人が決めつけちゃいけない。本当の悩みに贅沢なものなどないのだ。

「おれはサッカーが好きだと自分で思ってたけど、ほんとにサッカーが好きなのは、おれじゃなくて、貴臣みたいなやつなのかもな」

「貴臣は、ユースに上がるのを希望しなかったんでしょ?」

「らしいな」

「それも、何かもったいないね」

「もったいないな。あいつなら上がれてたかもしれないし。まあ、わかんないけどな。あいつでも無理だった可能性もある。というか、その可能性のほうが高い」

「想像もつかないよ、悟とか貴臣より上っていうのは。おれなんかが太刀打ちするには、もう、手をつかわせてもらうしかない」

「貴臣がすごいのは、ここでも本気でやってるってことだよな。試合とかでも、手を抜かないだろ? ほんと、よく走るし、ピッチから出そうなボールも追っかける。ちゃんと知ってるんだよな。ボールを外に出してスローインをもらうより、貴臣自身がキープしたほうがゴールにつながるって」

「郷太にも食ってかかるしね」

「あぁ。あれな」と悟は笑う。「そういや、最近、守備するじゃん。郷太」

「うん。するね」

「こないだ訊いたんだよ。冗談で。貴臣コーチに言われたからか？　って」

「そしたら、何て？」

「ダイエットだって。バイト先でハンバーガーとポテトばっか食ってるから、ちょっとヤバいと思ったんだと。だから走ることにしたって言ってたよ。どうせ走るならムダになんないようにって」

「それで、守備か」

「敬吾どころじゃない減らず口だよな。まあ、エース貴臣も満足だから、それでいいけど。ちょっとうらやましいよ」

「郷太が？」

「じゃなくて、貴臣が。いくらサッカー好きでも、おれはあそこまでやれないから。先輩に守備やれなんて言わないだろ、普通」

「言わないね」

「でも結局は動かしたからな。あの、ごっつい岩みたいな郷太を」

たぶん、悟にくらべれば、貴臣は器用なのだ。ジュニアユースでのプレーを終えた時点で、スパッと割りきったんだろう。もう上は目指さないが、部活として真剣にやる、と。だからこそ、守備をしない先輩にも食ってかかる。悟と貴臣。余裕があるのは、貴臣のほうかもしれない。

「ただ さ、クドいようだけど、大地は怒れよ」

「ん?」

「貴臣が郷太に守備をしろって言うのはいい。それは先輩も後輩もないよ。でもこないだのあれはちがう。あれも先輩後輩がどうって話ではないけど、ダメなもんはダメだ。大地が実際に怒ってないから怒れないってのはわかるよ。けどさ、あのままにしといたら、ウチの部はあれでいいんだってことになっちゃうだろ? レギュラーのほうが上。練習も優先。そうなるよ。あぁ、そうなんだなって、後輩たちも思う。それは、やっぱよくないだろ」

「そうだね。それは、確かによくないかも」

わからない。悟と貴臣。余裕があるのは、やっぱり悟かもしれない。はっきり言えることは一つ。その二人、どちらもぼくよりは遥かに余裕がある。

本当に、自分の余裕のなさがいやになる。ぼくはどうにか周りを見ようとする。木を見て森も見ようとする。でも、見きれない。みんな、それぞれ悩みがある。例えば悟は、ぼくよりもずっと大きなところで自分がレギュラーじゃないと感じてたのだ。小さなところしか見てないぼくは、そういうことに気づけない。見たことを見たままにしか受けとれない。ぼくの森は小さい。森から木を一つとって、林とするべきかもしれない。

「で、誰?」と悟が言う。

「ん、何が？」

「いや、今度の相手。女子」

「あぁ」

それでやっと、自分がキューピッドであることを思いだす。

「その話、なんだよな？」

「そう。その話」

今みたいな話をしたあとにその話を持ちだすのは、ひどくバカげたことのように思える。でもしかたない。ぼくは言う。

「リホって子。二年」

「リホ。それ、二度めってことない？」

「ないと思うけど」

「何か、前にもそんな名前の子がいたような」

「それは、えーと、ミホじゃないかな」

「そうか。ミホか。よく覚えてないわ」

「二度めではないと思うよ。桃子の友だちだっていうから」

「ミホのほうも、そうじゃなかったっけ」

「そう言われると、ちょっと自信ないな。あ、でも中学が同じだって言ってたよ。そのミホもそうだった？　というか、おれ、そう言った？」

「いや。それは聞いたことない。そのパターンなら、初めてかもな」

「受験だから付き合わないって言っとく？」

「いや、いいよ」

「でも断る理由を何か言わないと」

「そうじゃなくてさ。付き合ってみるよ」

「え、ほんとに？　顔もまだ知らないよね？」

「ああ。だからあれだ、付き合うかどうかはともかく、話ぐらいはしてみるよ。だって、ほら、最後の試合ぐらい、女子の声援があってもいいだろ。おれらみたいな弱小チームでもさ。といっても、最後の試合、もしかしたら、もう終わっちゃってんのかもしれないけど」

そこへ、背後からこんな声が聞こえてきた。

「いたいた。やっと見つけた」

悟と二人、振り返る。

真乃がこちらへ駆け寄ってくるところだ。

「探したよ。こんなとこで何してんの？　男二人で」

「戦術の確認」と悟が冗談を返す。

「悟がピッチ担当で、おれがベンチ担当」とぼくも乗っかる。

　グラウンドではその冗談にさらに乗っかるはずの真乃が、今は乗っからずに言う。

「練習再開だよ。今日から」

「マジで？」悟とぼくの声がそろう。

「マジで」

　事実だった。

　それを全部員に伝えるべく、真乃と桃子と未来は、昼休みに、それぞれ自分の学年の各教室をまわってたのだ。

「大地と悟だけがどうしても見つかんなかったの」と真乃は言った。「校内放送で呼び出しちゃおうかと思ったよ。二分以内に部室に集合！　って」

　そしてこの日の放課後。

「選手権予選には出られる。もう決まったことだから、安心してもらっていい。今回のこれは、完全におれの不手際だ。タバコを吸ったことは悪いが、そこ以外は和元も悪くない。悪いのはおれだ。大会前の貴重な練習時間を削ってしまって、本当にすまなかった。謝る。このとおりだ」

　そう言って、五十嵐は部員たちに頭を下げた。深々と下げた。

　こんなことは初めてなので、さすがにみんなとまどった。

敬吾が言った。

「何ならもうちょっと休みたかったくらいですよ。第一志望がD判定の哲なんかは、もっと勉強しなきゃいけないし」

「おいおい、ふざけんなよ。Dじゃねえよ」と哲が訂正する。「Eだっつーの」

「それも下なのかよ。やっぱちげーよ。人としてF判定だよ」

これにはみんな笑った。言われた哲自身も笑った。五十嵐も笑った。五十嵐が笑うのを見て、真乃も笑った。もちろん、ぼくも笑った。

「何か、あれっすよ」と修介。「今の、古臭い青春ドラマっぽかったですよ。ダメ教師とそれを励ます生徒たち、みたいな」

「誰がダメ教師だ」と五十嵐。「でも、まあ、今回はダメ教師だな」

「認めちゃうんすか」

「人間、妥協も必要だってことだよ、修介」

「おぉ。深いよ、敬吾」と、期末考査で六連続一位を果たしたことがついさっき判明した節郎が言う。

「とにかく。選手権予選まではあとわずかだ。みんな、悔いを残さないよう、精一杯やってくれ。でもって、今回は勝とう。デカいことは言わない。まずは一つ勝とう」

「うぃっす」

練習前にそんなミーティングが行われ、みつば高サッカー部の活動は再開された。

この件に関するもう少しくわしい事情を、ぼくはあとで真乃から聞いた。

真乃は真乃で、みどり先生から聞いたのだそうだ。真乃が自分の恋敵であったことをおそらくは知らない、みどり先生から。

キングの退部手続きが面倒でサボったわけじゃないのに、五十嵐は何らかの処分を受けることになるという。五十嵐自身が校長先生に働きかけて、話をその方向に持っていったらしい。

五十嵐4：20。なかなかやる。

最寄駅は目黒だが品川区。店はそんな場所にあった。
まず目黒駅自体が、目黒区じゃなく、品川区にあるのだという。ちなみに品川駅は、品川区じゃなく、港区にある。入り組んでて、何だかわけがわからない。
まあ、それはいいとして。目黒。
土地鑑はまったくない。目黒が山手線の駅であることは知ってたが、それが環のどの辺りに位置するのかは知らなかった。

そもそもぼくが知ってる東京は、南砂町と渋谷ぐらいだ。江東区の南砂町は、母が亡くなるまで伯母さんが住んでたので、何度も行った。渋谷は、部の仲間たちと一度遊びに行った。遊びには行ったのだが、あのゴミゴミチャラチャラしたなかで何をして遊べばいいのかわからず、ただゲームをやり、ハンバーガーを食べて、帰ってきた。

あとは、そう、銀座だ。中学のころは、伯母さんとよく銀座のデパートに行った。家族と出歩きたい歳ごろではなかったし、それは伯母さんもわかってたはずだが、ぼくらの場合、そんなことは言ってられなかった。一刻も早く、お互いになじむ必要があったのだ。

たいていは昼ご飯を食べて、映画を観た。伯母さんもぼくも観られる映画ということで、選択に困った。伯母さんは何でもいいと言ってくれるのだが、伯母さんと『ダークナイト』や『アイアンマン』を観るのも変なので、結局はいつも地味な邦画に落ちついた。でもそうしてたのも中学まで。今はもう伯母さんと二人で出かけることはない。あってもせいぜい年に二度。母の墓参りに行くぐらいだ。あとは特別な例として、父に会うとか。

目黒は、渋谷や銀座にくらべれば小さな街だ。それでも、区画整理された埋立地のみつばとは全然ちがう。東京の街らしく、決して広くはない土地に、ビルだの何だのがギュッと詰めこまれてる。

駅から出ると、ぼくは辺りを見まわしながら、表通りを歩いた。スマホの地図がなければとてもたどり着けないだろう。まずそう思った。あまりにも建物が多すぎて、そのすべてに目を凝らすことができない。店の前を通りかかれば気づくだろうと軽く考えてたが、とてもそんな感じじゃない。視界には入ってても見えてない。そんなことが、ざらにありそうだ。木を見て森も見るのは大変だが、森のなかで一本の木を探すのはもっと大変だということがわかった。

店の所在地は、名前から調べた。さすがは飲食店。ネットで調べるのに要した時間は五秒だった。

ともかく、ぼくは目黒にやってきた。こうしてアダージョに向かってる。

とはいえ。今日行くと約束したわけでも何でもない。いつかは行くよなんてことを言ってたわけでもない。

父に会うつもりはない。店に入るつもりもない。ただ、見たかったのだ。父がどんな環境にいて、どんなふうに過ごしてるのかを。

表通りから一本入る。それだけで途端に静かになる。目黒駅からは、五分も歩いてない。高いマンションも見えるが、周りは戸建てが多い。どれもごく普通の家だ。そこはみつばと変わらない。

三階建てのこぢんまりした、でもちょっと洒落たマンション、というか、アパート？その一階に、アダージョはあった。一目でイタリア料理店とわかった。緑と白と赤の国旗が、木のドアのわきに飾られてたからだ。

窓はかなり大きく、見ようと思えば外から店内が見える。その窓の下に、小さな白い鉢植えがいくつも並べられてる。

思いのほか、格式ばってない。ハーフパンツやサンダル履きはダメかもしれないが、デニムやスニーカーもダメ、という感じではない。つまり、今のぼくは入れない、という感じでもない。

とりあえず、店は見た。それでもう、用はすんでしまった。

その先のプランは何もなかった。見れば何か思いつくでしょ、と思ってた。何も思いつかない。でもさすがにまだ帰る気にもならない。

七月も中旬。学校はもう午前中で終わり。月曜なので、部の練習もオフ。だから午後の時間をつかって、わざわざ来たのだ。伯母さんにも内緒で。

車一台がどうにか通れるくらいの狭い通り。その反対側に立ち、しばしアダージョを眺める。これじゃ不審者だな、と気づき、十メートルほど先にある自販機のところへ行った。街なかによくある、薄っぺらな小型の自販機だ。

その自販機のわきに立ち、ポケットからスマホを取りだして、画面を見る。こうすれば風景に溶けこめるだろうと思った。スマホは万能の機器だ。その便利な機能よりもむしろ、それを見てれば風景の一部になれるという意味で優れてる。

スマホの画面を見る。そして、左なため前のアダージョを見る。スマホ。アダージョ。スマホ。アダージョ。スマホ。アダージョ。

そのアダージョから、女の人が出てきた。白いブラウスに黒いスカート。店の制服とも私服ともとれる格好だ。歳は三十ぐらいか。よくわからない。もう少し下かもしれないし、もう少し上かもしれない。

その人は、窓の下の鉢植えの前に屈んだ。右から左へと、少しずつ移動していく。水をやってるらしい。お冷やを入れるような銀色の容器を手にしてる。

やり終えて立ち上がる際に、ぼくのほうをチラッと見た。そして特にあやしむでもなく、店に戻った。

二十代後半から三十代前半と思われる、女の人。アダージョで働いてる、その歳の、女の人。垣内英代さんではないかと思った。そうじゃない可能性もあるが、その可能性もある。アルバイトの店員なら、もうちょっと若くてもいいような気がする。

何にせよ、それを確かめる手立てはない。いや、なくはない。ある。今から店に入っていき、あなたは垣内英代さんですか？　と訊けばいい。それだけ。でもできない。店のなかに父がいないとも限らない。もしいたら、かなりややこしいことになる。

女の人が再び外に出てきた。今度は、手にした布で窓ガラスを拭く。

ほとんど反射的に、ぼくはそちらへと歩きだした。スマホをポケットに戻す。整えるつもりで、髪をクシャクシャッとやる。今さらながら、シャツのボタンを掛けちがえてないかチェックする。ついでにズボンのチャックが開いてないかもチェックする。

「あの、すいません」と声をかける。

女の人が振り向いて、返事をする。

「はい」

「目黒駅って、そっちですか?」と言い、わざと反対の方向を指さす。

「いえ、こっちですよ」女の人は正しい方向を指さす。「ここをまっすぐ行って左に曲がると、駅が見えてきます。通りに出れば、三分かからないぐらい」

「あぁ。そうですか。こっちですか」

言いながら、思う。さっきスマホを見てたのを見られてる。駅の場所ぐらい、それで調べればわかるでしょ。そう思われてないかな。

名札でもつけてればと、胸のあたりを見る。つけてない。それはそうだろう。ファミレスならともかく、この手の店で名札はない。

「あの、ここは、イタリア料理店ですか?」

「ええ。そうですよ」

「もう長いんですか?」

「えーと、五年ぐらい、なのかしら」

「ピザとかパスタとかも、あるんですよね?」

「ありますよ」

それ以上、質問は思いつけなかった。思いつけるのは、店長は平野大也さんですか？くらいだが、それは口にできない。

すると、店のドアが開き、別の女の人が顔を出した。まだ若く、それこそアルバイトっぽい人だ。

「カキウチさん、お電話です。店長から」

カキウチさん。もちろん、垣内さんだろう。

垣内さんはそちらを見て、「はい」と言い、またすぐにこちらを見た。

視線がばっちり合う。およそ一秒。

その一秒で充分だった。

この人はぼくの母親になる人ではない。そう思った。思ったというか、確信した。

歳が近すぎるとか、人として合わなそうだとか、そんなことじゃない。この垣内英代さんだから、ではない。誰であっても同じ。そのことが、わかった。伯母さんと二人で五年間を過ごした今、もう誰がどんな形で現れても、ぼくがその人を母親だと思うことはないだろう。そのことが、はっきりとわかったのだ。その候補の一人である垣内英代さんと、こうして実際に顔を合わせたことで。

「じゃ、行ってみます。ありがとうございました」

そう言って、ぼくは目黒駅のほうへ歩きだす。しばらくして、店のドアが閉まる音が聞こえてきた。店長の平野大也さんと電話で話す垣内英代さんを想像する。何かおかしな子が来たわよ、なんて言ってなければいい。

帰りに東京駅で冷やしたぬきうどんを食べ、下り電車に乗った。途中下車して郷太の店に寄ろうかと思った。何となく、話をしたかったのだ。似た境遇の郷太と。

でも時間がちょっと早すぎた。その感じだと午後五時前に着いてしまうから、一時間以上待たなければならない。ポテトとコーヒーで、一人、粘らなければならない。いや、その前に。考えてみれば、今日は平日だから、郷太のバイトは八時までかもしれない。

ということで、途中下車はせず、みつばに戻ってきた。

晩ご飯はケチャップで和えたチキンライスと決めてたし、具材も冷蔵庫にそろってたから、駅前の大型スーパーには寄らなかった。

帰ったら勉強だな。今日は数学と英語だな。期末考査で五つとはいえ順位が上がったのは、英語のおかげだからな。短所は直しつつ、長所は伸ばしていかないとな。

そんなことを考えながら、目黒のアダージョ周辺とはまたちがった感じに静かなみつばの住宅地をゆっくりと歩いた。

　みつば第三公園のわきを通り、第二公園で真乃とブランコに乗ったことを思いだす。第三で第二を思いだすなよ、と苦笑する。

　ブランコは無人だ。風が吹いてないので、揺れてもいない。誰かが座ってくれるのを待ってるように見える。それはイスなんかでも同じはずだが、ブランコは特にそう見える。何故だろう。ただ座るだけじゃなく、こぐという動作までもがセットで想像されるからだろうか。

　実際、ぼくは想像する。あのときの真乃とぼくを。座ってこぐ真乃と、バカみたいに勢いよく立ちこぎする自分を。

　ズボンの前ポケットのなかでスマホが震える。取りだす。

　画面を見て、驚いた。

〈真乃〉

　驚きを消化できないまま、電話に出る。

「もしもし、大地？」

「うん」

「ねぇ、どうしよう。お母さんがね、お腹が痛いって、急に苦しみだしたの。イタタタって言いだしたと思ったら、体を丸めて、横になって。ちょっと動かせる感じじゃないの」

「えーと」少し考えてから、言う。「意識はあるの？　というか、しゃべれるの？」

「意識はあるし、しゃべれる。一応」

「救急車は？」

「呼ばなくていいって、お母さんが。すぐ治まるだろうからって」

「治まったとしても、そこまで痛むなら、診てもらったほうがいいよ」

「そう、なのかな」

「今、家？」

「うん」

「ちょっと待ってて。すぐ行くよ。こっちは今、第三公園のとこだから」

そう言ったときには、もうすでに足を速めてた。真乃が切るからいいだろうと思い、スマホはそのままポケットに戻す。

で、走る。小走りじゃない。練習中、ドリブルで簡単にぼくを抜き去った悟や貴臣を追いかけるときみたいに、全力。ダッシュ。

みつば南団地の敷地に入り、隣ながら初めてつかう階段を上って、D棟三〇二号室へ。

そしてドアのわきにあるインタホンのボタンを押す。

リロリリロリロリロ。

ウチと同じ音がする。この団地のインタホンのチャイム音は、やっぱり変だ。訪ねてきたのはあやしい人かもしれませんよ、と注意を促す緊迫感がない。

通話はなしで、ドアが開く。真乃のあせった顔が目に飛びこんでくる。あらためて重大な事態なんだと思う。そう思ったことで初めて、ぼくに何ができるんだ？　と気づく。

「入って」と真乃が言うので、入る。

他人の家の匂いがする。どこの家にでもある、その家特有の匂いだ。

真乃のお母さんは、ぼくの家で言う伯母さんの寝室、つまり奥の和室で、敷きブトンの上に横たわってた。真乃が説明したとおり、お腹を守るように体を丸めてる。ぼくの前でもそうなのだから、相当苦しいのだろう。

「あの、お邪魔します」と、何とも間の抜けたことを言ってしまう。「四〇四の宮島です。真乃さんと同じ学校です。同じ部です。えーと、マネージャーの真乃さんには、いつもお世話になってます」

「大地くんね」と、真乃のお母さんが絞り出すような声で言う。

「はい」

「ごめんなさいね」

「はい？」

「こんな格好で」

「あぁ。はい。というか、いえ」

痛みがあるからだろう。真乃のお母さんが発する言葉は、一つ一つが短い。

「だいじょうぶですか?」と尋ねたあと、返答を待たずに続ける。「って、だいじょうぶじゃないですよね、これは」

「いえ。だいじょうぶ」と真乃のお母さんが苦しげに返事をする。

「ちっともだいじょうぶじゃないよ」と、真乃がお母さんの背中をさすりながら言う。

心は決まった。真乃はぼくに電話をかけてきたのだ。たすけがほしかったのだ。他人だからできることもある。多少強引にやってしまえることもある。そのくらいの責任は負える。

「救急車を呼びますよ。ぼくが呼びます」

真乃のお母さんは何も言わなかった。反対されないんだからいい。そう思った。反対されても、呼んでたろうけど。

自分のスマホで119番に電話をかけ、ぼくは事情を説明した。とても動かせる状態ではないこと。でもこのままにもしておけないこと。それから、自分の立場も説明した。いえ、息子じゃなく、娘さんの友だちです、と。

真乃を部屋に残し、ぼくが建物の外に出て待った。

救急車は、サイレンを鳴らして、すぐに来た。計ってなかったので、何分で来たのかはわからない。でも本当に早かった。すごいな消防、と感心した。

両手を挙げて、出迎えた。あちこちの窓からの視線を感じたが、気にはならなかった。誰だって、病気にはなるのだ。ヘタをすれば、若くして亡くなるのだ。

二人の救急隊員を三〇二号室へと案内した。隊員は真乃のお母さんに簡単な質問をいくつかして、すぐに病院へ運ぶことを決めた。立てますか？　と隊員が訊き、どうにか、と真乃のお母さんが答える。階段が狭いので担架（たんか）には乗せず、隊員が手際よく両わきを固めて真乃のお母さんを運んだ。

救急車には、ぼくも同乗した。そうしてほしいと、真乃に言われたからだ。

よく聞くたらいまわしのようなこともされず、五分ほどで海沿いの総合病院に着いた。

真乃のお母さんは診察室へと運ばれ、真乃とぼくは廊下のイスに座った。病院特有の、クッションが硬い長イスだ。背もたれは壁という。

真乃はずっと不安げな顔をしてた。初めて見せる、弱々しい顔だった。

それでも、とりあえず動いたことで気は紛（まぎ）れたのか、横に座るぼくに言った。

「ごめんね、こんなとこまで引っぱってきちゃって」

「いいよ。することもなかったし」

「さっき、公園のとこって言ってたよね。出かけてたの？」

「うん。ちょっとね。ちょうど帰ってきた」

郷太の店へ寄ったりしなくてよかった。駅前の大型スーパーにも、寄ったりしなくてよかった。そしてふと思いついたことを言う。

「月曜でよかったね」

「ほんと、そう。ほかの曜日だったら、わたし、家にいなかったもんね。一人だったら、お母さん、ずっと我慢してたはず」

「おせっかいなこと、しちゃったかな」

「全然。すごくたすかった。わたしが救急車を呼ぼうとしたら、お母さん、もっと強く反対してたよ。みっともないからとか言って」

「みっともなくはないよ」

「そうだよね。だからわたしが呼んじゃうべきだった。あぁ。ほんとにそうなんだよね。わたしが救急車を呼ばなかったせいで手遅れになるなんてことも、あるんだよね」

「あ、お父さんには、電話した？」

「まだ。今してもムダに心配させるだけだから、結果が出てからにする」

「そうか。そのほうが、いいかもね」

何だかんだで、さすがは真乃だ。あわてたって、そのくらいのことは考えてる。

「お母さん、前からこんなことがあったの？　急にお腹が痛くなるなんてこと」

「なかった。だからわたしも驚いたの。こんなの初めてだったから。おやつ食べてたら、ちょっとお腹痛いなぁって言いだして。すぐに、立つどころか座ってもいられなくなって。わたし、え、何、どうしようどうしようと思って、それで大地に電話しちゃった。すぐ近くにいるからって。いてくれて、よかった。ほんと、ありがと」

「いいよ、そんな。誰だってこうするよ。おれじゃなくたって」

「お母さん、だいじょうぶかな」

だいじょうぶだよ、と無責任なことは言えない。ぼくだからこそ、言えない。だいじょうぶじゃないこともあるのだ。それが終わりの始まりだった、なんてことは、ごく普通にあるのだ。

「意識があるんだから、よかったよ。人の目を気にしたんなら、少しは余裕もあったのかもしれない」

そんな、毒にはならないが薬にもならないことを言ってしまう。だいじょうぶかな、の答になってない。真乃は、根拠がなくても力になる一言、だいじょうぶだよ、をほしがってるのに。

「大地のお母さんも、こんなだった?」

「いや。急にじゃなく、徐々にだった。だから気づくのが遅れたのかも」

「こんなふうにいきなりっていうのは、もう遅いってことじゃないのかな」

「それはわからないよ。痛みの度合いとかって、人によってまったくちがうみたいだし。とにかくさ、今は待とうよ」

「うん」

待った。部のことや受験のことをぽつぽつ話しながら。三十分から一時間。そのぐらいだと思う。

診察室のドアが開いて、白衣を着た医師が出てきた。四十歳前後。がっちりした男の先生だ。それこそ体育教師のような。

「新沢さん？　娘さん？」

「はい」と真乃がはじかれたように立ち上がる。

ぼくが誰かは確認せず、先生は単刀直入に言う。

「虫垂炎だね」

「はい？」

「いわゆる盲腸。お母さんもそうしたいって言うんで、切除しちゃう。心配はいらないよ。痛い思いはしたろうけど、だいじょうぶ。もうちょっと待ってて。お母さんと話をさせるから」

そして先生は振り返り、診察室へと戻っていった。まず自分の口から説明したほうが家族は安心する。そう思ったのだろう。

すでに閉まったドアに頭を下げ、真乃はストンとイスに座った。

「よかったぁ」と言う。吐息が混ざり、語尾が細く長く伸ばされる。

声をかけようとして、とどまった。真乃が泣いてたからだ。反動がきたんだと思う。だいじょうぶ。求めてた言葉を、最も聞きたい人から聞かされて、一気に緊張が解けたのだ。

真乃の目から涙が溢れ、頬をつたう。両手で顔を覆ったが、指のすき間からは嗚咽が洩れた。

「よかった」とぼくも言う。「ほんとに、よかった」

「こういうの、やめてほしいよ」と真乃が震える声で言う。「わたし、泣いちゃうよ。もう泣いちゃってるけど」

「確かに」

ぼくがそう返すと、真乃は少し笑った。泣き声が、笑い声に変わろうとする。ぐすんが、ぐふんになる。

「大地、ごめん。余計な心配させちゃって」

「いいって。そんなの」

「わたし、もしお母さんがいなくなったらって思って。初めてそんなふうに思っちゃって」

思っちゃうのはしかたない。真乃と血がつながってるのは、お母さんだけだ。お父さんは、つながってない。だから真乃がお父さんを受け入れてないとか、そういうことじゃない。でもこんなことになると、やはり血は重みを持つ。

およそ二分。真乃の涙が引くのを待った。気持ちが落ちつくのを待った。そして、言う。

「おれもさ、いつも母親のことを思いだしてるわけじゃないんだ。でもたまには思いだしたい。おかげで、今も思いだしたよ。変なことを、思いだすんだ。なのに、思いだすと、ちょっとうれしいんだよね」

「聞いてもいい？　何を思いだしたか」

「ハンバーグ」

「え？」

「焼くんだよ、母親が」

「あぁ。ハンバーグ」

「晩ご飯とかにね」

「得意料理だったの？」

「そういうわけではない」

「じゃあ、大地の大好物だったとか？」

「そういうわけでもない。好きは好きだけど」

真乃が首をかしげる。

「そのハンバーグをさ、おれの分だけ、ちょっと大きくするんだよ。毎回そうなんだ。いつも決まって、おれのほうが大きい。でもたぶん、考えてやってるんじゃないんだ。大きくしちゃうんだね、無意識に」

「わかる。自然とそうなるんだろうね」

そしてぼくの話は飛躍する。あらぬほうへ飛んでいく。

「母親がそうしてくれるのは、おれが出来のいい子だからじゃないんだ。そういうのは関係ないんだ。でもだからこそおれは」と、そこで口を閉じる。

その先は言わない。何を言いたいのか、自分でもよくわからない。

だからこそおれは。自分がレギュラーだとうそをついた。なのかな。

久々に母の話をしたことで、またその相手が真乃だったことで、昂ったのだろう。さらには、ここが病院ということもあるのだろう。勢いのままに、ぼくはこんなことを言う。

「姉さんさ、セックスをするようになったら、子宮頸がんの検診とか、受けたほうがいいよ」

「は？」

「ヤラしい話じゃなくて、できる予防はしたほうがいいってこと。するべきだってこと。がんのもとになるウイルスに感染する可能性は、経験者全員にあるんだって。たとえ一度しか経験がなくても。だから、注意しなきゃいけないんだ。若い人でも、年に一度は検診を受けたほうがいいみたい」

「そうらしいね。乳がんなんかでも、よく言うよね。定期的に検診を受けなさいって」

というその真乃の冷静な対応で、我に返る。

「ごめん。いきなり変なこと言って。ほんとに、おかしな意味じゃないんだ」

「おかしな意味だなんて思わないよ。お母さん、そのがんだったの？」

「そう」

母は検診を受けてなかった。忙しさのせいもあったろう。ぼくのことを優先させ、自分のことはあとまわしにしてたせいでもあったろう。

もう、いやだ。身内をそんな形で亡くすのはいやだ。身内でなくてもいやだ。好きな人を亡くすのはいやだ。

「受けるよ、検診」と真乃が真顔で言う。「もし必要になったらね」

「うん。ほんと、変なこと言わせてごめん」

「いいって。謝んないでよ、そんなことで」

「何にしても、よかったよ。お母さん」

「大地のおかげだよ」

「まさか。ちがうよ」

「わたし、あのままだったら、やっぱり救急車を呼ばなかったかもしれない。ただ仲よしなだけじゃダメなんだね。本気でその人のことを思うなら、動くときには動かないと。ただ言うことを聞くだけ。それじゃ中学生だよね」

「仲、いいんだ？　お母さんと」

「まあ、いいのかな。ケンカもするけどね。つまんないことで。わたしのプリン食べたでしょ！　とか、お母さんのいちご大福食べたでしょ！　とか。だから、ウチはハンバーグ、きっちり同じ大きさにするかな。重さ、十グラムも変わんないかも。でもわたしは、子どものハンバーグをきちんと大きくできる立派な母親になりたいよ」

「いちご大福で怒れる母親も立派だと思うよ。子どもにそう言える関係を築けるのは立派だと思う。これは冗談じゃなく」

「そう言ってくれるとたすかります」と真乃が笑顔で言う。

ほっとした。笑顔を見れたことが、うれしい。

「こんな場所で何だけど。これ、ほっとしたついでに言っちゃおうかな」

「何？」

「わたしね、酒井くんに告白されちゃった」

「え？」

「酒井くん。野球部の」

「ほんとに？」

「ほんとに。そんなうそ、つかないよ」

「いや、うそだと思ったわけじゃないけど」

告白したのか、酒井くん。さすが、エースはちがう。自信を持てる人はちがう。行動が早い。

そう言われたからには、どうしたらいいと思う？　などと訊かれるのだろうと思った。つまり、無難な話し相手として。

真乃は言った。

「でも断っちゃった。すごくうれしかったし、もったいないなぁ、とも思ったけど」

「ほんとにもったいないよ。何で？」

「何でって。釣り合わないでしょ、わたしと酒井くんじゃ」

「そんなことないよ」

そんなことない。釣り合わないというのは、真乃とぼく、みたいなことを言うのだ。

「スターすぎるよ、酒井くんは」

「スターだけど。スターすぎはしないよ。姉さんとなら、釣り合いはとれる」

「こうやって大地に自慢できた。それで充分」

「そんな大事なこと、おれに話しちゃっていいわけ？」

「桃子が言ってたけど、大地は、ほら、キューピッドとかってことになってるんでしょ？

だったらわたしの話も聞いてよ」

「いや、でもそれは、キューピッドにする話じゃないでしょ。初めてのパターンだよ、橋渡しを頼まれないっていうのは」

「サッカー部のマネージャーが野球部のエースと付き合ったら、ひんしゅくでしょ」

「ひんしゅくじゃないよ。普通にあることじゃん、そんなの」

「普通でも。わたしはちょっといやかな」

そう言われると、何とも言えない。そもそもぼくは喜ぶべきなのかどうなのか。まずそこがわからない。

「お母さんもね、昔、高校でマネージャーやってたんだって」

「何部の?」

「野球部。お母さんが高校生のときは、サッカーより野球のほうがずっと人気があったから、部員の数もマネージャーの数も多かったみたい。お母さん、そのころはやせててかわいかったんだって。といっても、自己申告だけど」

真乃のお母さんなんだから、かわいかったんだと思う。かわいいというよりは、大人びてきれいだったんだと思う。実際、今も名残りは少しある。確かにちょっと太ってはいたけど。

「それでね、お母さん、陸上部の子と付き合ったんだって。そしたら、陸上部と野球部の関係がぎくしゃくしちゃって、かなり困ったたって言ってた」

「そこまで話すなんて、ほんと、仲がいいんだね」

「さすがに監督に告白したことまでは言えないけどね」

「あぁ」と、あいまいな相づちを打つ。

「わたしね、高校でもバレーボールを続けるつもりでいたんだけど、マネージャーをやってみたらって、お母さんに言われたの。大変だけど楽しいこともたくさんあるよって。バレーはバレーで楽しかったから、正直、すごく迷った。でも、それまでとはまったくちがう、新しいこともやってみたかったんだよね」

ここにも、チャレンジする人がいた。

「で、やったんだ」

「うん。初めはどうなるかと思ったけど、やってよかったよ。やってなかったら、こんなふうに大地と話せることもなかったろうし」

「それは、たまたまだよ。近くに住んでるし」

「でもわたしがマネージャーをやってなかったら、たぶん、今も話してなかったよね。道で会っても、お互い、何となく目をそらしたりするの。たまたまだとしてもさ、そのたまたまが大事なんだよ。だって、すごいと思わない？　そのたまたまのせいで、大地がわたしのお母さんのために救急車を呼んでくれて、今ここでこうしてるんだよ。きっとさ、いろんなたまたまが重なって、たくさんのことがあちこちでつながっていくんだよ。そう考えると、たまたまだって、実はそんなにたまたまじゃないの」

そう言われると、そんな気もしてくる。人生はたまたまの連続でこれまでつながってきたし、これからもつながっていく。例えば今が三十年後につながる、ということだってあるのかもしれない。伯母さんと田崎さんがそうなったみたいに。

診察室のドアが静かに開き、看護師の女の人が顔を出す。

「新沢さん、お入りください」

「はい」と、真乃がイスから立ち上がる。

ぼくもつられて立ち上がり、また座る。

真乃が診察室に入っていく。その間際、振り向いて、微かに笑う。

その笑みを見て、ぼくは何故か泣きそうになる。ちょっと油断してた。まばたきをして洟（はな）をすすり、どうにか涙を抑えこむ。

あぶなかった。そして。本当に、よかった。

⚽

結婚披露宴に出たのは初めてだ。葬儀に出たことはあるが、披露宴はない。サッカー部員として、みんなと一緒に呼ばれたのだ。五十嵐とみどり先生の披露宴に。

部員全員というわけにはいかなかったので、三年生が全員出ることになった。総勢九人だ。もちろん、キングは含まれないが、真乃は含まれる。ほんとはバイトに入りたいんだよなぁ、とこぼしてた郷太も含まれる。

みどり先生は写真部の顧問をしてるので、そちらは全部員が出た。学年を問わず、全部員。男子、二人。女子、三人。

披露宴会場となるこのホテルには、真乃と二人で来た。真乃のお母さんに言われてたのだ。一緒に行ってあげてね、と。

真乃のお母さんは、あの日のうちに手術を受けて、その後三日間入院した。退院すると、その日のうちに、宮島家にあいさつに来た。午後八時の一度めは伯母さんが不在だったので、午後九時半に再度来た。〈伯母、帰宅〉とぼくが真乃にメッセージを送ったのだ。

ぼくも伯母さんに事情を話してたが、真乃のお母さんはあらためて頭から説明し、しっかりしたお子さんだと、何度もぼくをほめた。お子さんというのは微妙な言葉だが、真乃のお母さんはあくまでも一般的な意味でそのお子さんをつかった。確かにそうするべきだ。そこで甥っ子さんなどというのは、かえっておかしい。

そのあいさつには、真乃も同行した。伯母さんは上がってお茶を飲んでいくようすすめたが、時間も時間ですし、と二人は遠慮した。

それでも、玄関での立ち話は三十分にも及んだ。伯母さんが真乃のお母さんとすぐに打ち解けたのは、ちょっと意外だった。折を見て今度お食事でも、と保護者同士、そんな話までした。真乃とぼくも交えて、ということのようだった。悪い話じゃない。でもそれはそれで、気をつかいそうで困る。一人でも大変なのに、女性三人はキツい。

二人が引きあげると、伯母さんは言った。大地、いい仕事をしたじゃない。

ホテルに向かうあいだ、真乃は五十嵐のことを話さなかった。いや、話したことは話したが、それはすべてみどり先生との結婚そのものについてだった。つまり、自身の心情には触れなかった。無理をしてるようには見えなかった。見せてなかっただけだとは思うけど。

写真部の女子部長が毒のない健全な祝辞を述べると、次が尚人の番だった。

出だしは尚人も、高校生らしい、と評されそうな清々(すがすが)しい言葉を並べたが、後半にちょっと毒を混ぜた。もしかすると、敬吾あたりの入れ知恵があったのかもしれない。いや、まちがいなく、あった。

「木を見て森を見ず、という言葉がありますが、五十嵐先生は僕らに、木を見て森も見ろ、と指導してくださいました。そんな五十嵐先生だからこそ、森のなかからバラを見つけ出せたのだと思います。妥協すんなが口癖の五十嵐先生が、妥協せずにみどり先生を射止めてくれて、本当によかったです。教え子として、誇りに思います」

出席者にはきょとんとする人も多かったが、五十嵐は苦笑した。その隣で、みどり先生も笑った。正確に言うと、爆笑した。新婦なのに、手を叩(たた)いて大ウケしたのだ。それを見て、きょとんとした出席者たちも笑った。

先輩教師の五十嵐は、後輩のみどり先生にもそんなアドバイスをしてたのかもしれない。生徒に対しても教師に対しても妥協しないことだよ、とか、職員室全体を一つの森として見ればいいんだよ、とか。

その後、余興として、ぼくらサッカー部員が、練習時や試合前にやるかけ声を披露した。

みっ高〜！　ファ！　オ！　ファ！　オ！　ファ！　オ！　ファ！　オ！　とやるあれ。通称、みっ高ファオファオだ。

要するに、ファイト！　オー！　をただくり返すだけなのだが、ウチはそれを超高速でやる。ファオの十六連呼を、およそ五秒でやる。しかも、ファ！　を言う者と、オ！　を言う者に分ける。だから、ファチームとオチームの息が合わないと、スムーズにはいかない。入部した者は、まずこれを覚えることから始めるのだ。

今日は九人しかいないので、ファチームは五人、オチームは四人。真乃はファチームで、ぼくはオチーム。中途半端が一番カッコ悪いから全員でとにかく大きな声を出そう、と打ち合わせをした。

まったく似合わない白のタキシードを着た五十嵐と、よく似合う白のウェディングドレスを着たみどり先生が座る新郎新婦席。そのすぐ前で、制服姿のぼくらが円陣をつくる。

悟とぼくのあいだに、真乃が入った。左に真乃、右に尚人、それぞれと肩を組む。尚人の肩はかたいが、真乃の肩はやわらかい。お母さんみたいに太ってるわけじゃないのにやわらかい。女子はやっぱりそうなんだな、とあらためて思う。

尚人の小声の「いくぞ」で、みっ高ファオファオが始まる。肩を組んで顔を寄せ合ったときは、みんな、今にも笑いだしそうだったが、始まったら始まったで、真剣になる。


みっ高～！

ファオ！　ファオ！　ファオ！　ファオ！　ファオ！　ファオ！　ファオ！　ファオ！

ファオ！　ファオ！　ファオ！　ファオ！　ファオ！　ファオ！　ファオ！　ファオ！

五十嵐！

ファオ！　ファオ！　ファオ！　ファオ！

みど～り！

ファオ！　ファオ！　ファオ！　ファオ！

今日～も！

ファオ！　ファオ！　ファオ！　ファオ！

明日も！

ファオ！　ファオ！　ファオ！　ファオ！

未来も！

ファオ！　ファオ！　ファオ！　ファオ！

いつでも！

ファオ！　ファオ！　ファオ！　ファオ！

ファオ！　ファオ！　ファオ！　ファオ！　ファオ！　ファオ！　ファオ！　ファオ！

ファオ！　ファオ！　ファオ！　ファオ！　ファオ！　ファオ！　ファオ！　ファオ〜！

決まった。

結婚披露宴用特別ヴァージョンだ。

失敗はできないから、結構練習した。最後にいつでもがくるとこがいいよね、というのが真乃の意見だった。それを言っちゃったら、今日も明日も未来もなしでいいって話じゃん。でも、いいよ。すごくいい。

円陣を解き、みんな、それぞれ新郎新婦に頭を下げる。

五十嵐とみどり先生、うまくいってほしいな。そんな気持ちになる。真乃も含め、全員がそうだろう。

五十嵐とぼくらの関係が、よその部とくらべて特に深いとは思わない。でも二年以上も付き合ってれば、その人の幸せを自然と願うくらいにはなる。

「みつば高校サッカー部のみなさん、ありがとうございました。最高でした」と司会者の女の人が言う。

意外にも、五十嵐は泣いた。

じき三十なのに大粒の涙をこぼし、笑顔のみどり先生におしぼりを差しだされたりしてる。

まったく。困った半熱血半天然教師だ。

⚽

「勝てるといいね」と絹子伯母さんが言い、

「うん」とぼくが言う。

「パンじゃなく、パスタにしたほうがよかった？」

「朝からそれはないよ」

「でも、ほら、よく言うじゃない。スポーツ選手は試合の前にパスタを食べるって」

「言うけど。いいよ、プロじゃないんだから。って、こんなこと、前にも言わなかった？」

「あぁ。言ったわね」

たぶん、五月だ。総体の試合の前。

あれから二ヵ月半。長いような短いような。いろいろあったような、あり過ぎたような。

そしてぼくは、あのときには言えなかったことを言う。

「まあ、あれだよ。体のつくりは同じでも、どうせ試合には出ないからいいよ」

「どうせって言わない」

二人、ダイニングテーブルを挟んで座り、サンドウィッチを食べてる。タマゴ、ツナ、ハムとチーズ。三種類。

それと、トマトやレタスやブロッコリーのサラダ。とバナナ。と牛乳。というか、低脂肪乳。もう夏だが、低脂肪乳は少しだけ温められてる。ホットミルクとまではいかない程度に。

朝食にしては豪華だ。伯母さんがつくってくれた。昨日も遅かったのに、早起きして。

「大地、今日はどう？　勝てそう？」

「わかんないよ。やってみないと」

「そんなこと言わないで、勝つよ、ぐらい言いなさいよ」

「じゃあ、勝つよ」

「じゃあって何よ」

「いや、ほんとに勝てるかもしれない。一年にもいい選手がいるし」

貴臣だ。その上乗せがある分、チーム力は確実にアップしてる。

「しばらく練習できなかったことの影響はないの？」

「ないことはないだろうけど。むしろいい休みになったと思うよ。再開してからの練習は、みんな、気合入ってたし。代役キーパーをやってるだけでわかったよ。かなりいいシュートがきてた」

朝ご飯を食べ終えると、歯をみがいたり何だりして、制服に着替えた。もう夏休みに入ってるが、試合会場へは、一応、制服を着ていくことになってる。それが規則なのかどうかは知らない。新婚、というか再婚ホヤホヤの、五十嵐の指示だ。

何故そこで？　と自分でも思ったが、出がけに玄関で伯母さんに言った。

「田崎さんと、結婚しなよ」

さすがに伯母さんは驚いた。

「何よ、いきなり」

「ぼくは、してほしい」くつを履いて、立ち上がる。「じゃあ、行ってくるよ」

出ていこうとしたぼくを、伯母さんが呼び止める。

「大地」

「ん？」

伯母さんがぼくを見る。

ぼくも伯母さんを見る。ただでさえ背が高いのに、三和土との境の段の分だけさらに高くなった伯母さんを見上げる。

「わかってもらえないかもしれないけど、わかってほしい。わたしが田崎になっても、大地はそうならなくていいの。むしろ大地には宮島でいてほしい。だって、大地のお母さんは宮島育子だから。でもそのうえで、わたしはこの先もずっと大地のお母さん伯母さんでいたい。以上」

そう言って、伯母さんは笑った。かたいけどやわらかい。そんな笑みだ。

「じゃあ、とにかくがんばってね」

「うん。がんばるよ」

玄関のドアから出て、階段を駆け下りる。

外には真乃がいた。

「ういっす」と言ってくるので、

「ういっす」と返す。

二人でみつば駅へと歩き、下り電車に乗る。

朝の下りは空いてるが、試合前ということもあってか、ベラベラしゃべったりはしない。話したのは、真乃のお母さんのことぐらい。

盲腸を切ったあとの経過は良好で、早くもおやつにいちご大福を食べてるという。それでも、年齢的にこれからはもう何があってもおかしくないとのことで、真乃と二人、近々ダイエット作戦を敢行(かんこう)する予定だそうだ。

今日の試合会場は、総体のときとはまた別の私立校。練習試合で何度か訪れたことがあるので、駅からの途中、道に迷うこともなかった。

校門は洋風で、レンガ造り。そこから敷地に入り、すぐそばの花壇に植えられてた自分の背よりも高いヒマワリの花に、真乃がこんにちはとあいさつした。ぼくもまねした。

更衣室に指定された教室で顔を合わせた部員たちは、みんな、いつもと変わらないように見えた。が、少しは緊張してることがわかった。全体的に言葉が少ない。冗談も下ネタも少ない。まあ、これは、朝が苦手な敬吾がいつもよりはおとなしい、というだけのことかもしれない。

ユニフォームに着替えたぼくらに、五十嵐が言う。

「さあ、いいか。最後の大会だぞ。でもまだこれを最後の試合にするのはよそう。三年も、あと一試合増えたぐらいで受験に響く、なんてことはないだろ。おれのせいで練習時

間は少なくなったけどな、そのなかで、みんな、よくやったよ」と敬吾が言い、

「それ、何か、負けたあとのコメントに聞こえるんすけど」と五十嵐が言う。

「あ、まちがえた。そっちを先に言った」

みんな、きょとんとした。

五十嵐が続ける。

「いや、冗談なんだから、笑えよ」

「ほんとに冗談すか?」と修介。「マジでまちがえたのをごまかした、みたいに聞こえましたけど」

それを聞いて、ようやくみんなが笑った。整うべきものが整った感じだ。

尚人が務めたキャプテンは翼が継ぎ、敬吾が務めたムードメーカーは修介が継ぐ。問題ない。みつば高サッカー部は、来季もだいじょうぶだろう。強くなるとかそういう意味ではないが、だいじょうぶだ。未来が言ってた潤滑油の役はいらない。というか、決めておく必要はない。誰かが自然と務める。今季の場合はそれがぼくだっただけだ。ぼくが務めることが多かっただけだ。

ちなみに。酒井くんの野球部は、夏休みの初日となったおとといの試合で負けた。といっても、ぼくらサッカー部よりも日程が早く組まれただけで、初戦敗退ではない。十四日と十八日の二戦を勝ち、おとといの四回戦、勝てば十六強というところで敗退したのだ。

その三戦はすべて酒井くんが投げた。初めの二つはともに一点差勝ち、三つめは五点差負けだった。連戦でなかったとはいえ、やはり疲れはあったのだろう。最後の試合、酒井くんは初回から相手打線につかまったらしい。そこまでくると相手が強かったということなのかもしれない。酒井くん自身が言ってたように、上には上がいるということなのかもしれない。

何にせよ、県の三十二強ではあるのだから、立派だ。

中学が同じだった利実のスマホには、〈サッカー部もがんばれ。ただし野球部より上にはいくな〉とのメッセージが届いたという。〈目指すは冬の国立〉と利実は返したそうだ。笑わせるつもりではなく。でも笑われる覚悟で。

グラウンドには、みつば高の女子たちが何人か来てる。悟が二年のリホと付き合うことはなかったが、試合、観に行きますよ、ということにはなったらしい。

これが最後になるかもしれないので、平日とはいえ、選手の親たちも何人かいる。もちろん、哲のお父さんがいるし、修介のお母さんもいる。いつものように、その二人は仲よく並んでる。事情を知らなければ、本物の夫婦にしか見えないだろう。

そして今日は、何と、伯母さんと田崎さんも来てる。

初めから知ってたので、ぼくも驚きはしない。ただ照れくさいだけだ。ベンチに座ってるのを見られるのは、やっぱり恥ずかしい。でも、来ないでほしいとは言わなかった。伯母さんが来たいなら来てほしい。そんな気持ちだった。それも言わなかったけど。

六月の保護者面談のときのように、伯母さんはわざわざ有給休暇をとった。同じく土日が休みの会社員なのだから、田崎さんもきっと同じだろう。梅雨明けが早くてよかったわよ、と伯母さんは言ってた。サッカーは野球とちがい、少々の雨では中止にならないが、試合を観る側はツラい。

でも晴れたら晴れたで、この時季の試合、選手は大変だ。プレー中でも頻繁に給水するよう指示される。真乃たちマネージャーも大変だ。試合中は給水ボトルを欠かさないようにしなきゃいけない。ほかに濡れタオルや救急箱も用意しておかなきゃいけない。選手たちより先に真乃たちが倒れるんじゃないかと心配になる。

十二時五十分。夏の陽が照りつけるなか、主審の笛が鳴り響いた。全国高校サッカー選手権大会県予選一次トーナメント、キックオフだ。

みつば高は、立ち上がりから攻めた。悟と貴臣のコンビネーションというよりは、貴臣が自由に動きまわり、それを悟がフォローする、という形だ。その二人を、さらに後方から哲とゴンがフォローする。

貴臣は飛ばした。いきなりエンジン全開だった。そこが貴臣のいいところだ。テクニックをひけらかさない。うまいからって変に余裕を見せない。言うことは言う代わりに、やることはやる。

　技術はずば抜けて高い貴臣も、まだ一年で体が出来てないため、フィジカルでは負けることもある。特に今日の相手のディフェンス陣は、そろって体がデカい。またそろってファウルすれすれのタックルで止めにくる。

　でもさすがは貴臣で、自分にマークが集中すると見るや、すぐにドリブル主体からパス主体に切り換えた。相手をぎりぎりまで引きつけておいて、郷太や修介にチョコンとパスを出すのだ。

　とはいえ、デカさが取柄の相手ディフェンダーたちはおかまいなしに突っこんでいくので、見ててひやひやする。それでファウルをもらえるのはいいが、ヘタをすれば貴臣が壊されてしまう。

　たぶん同じことを感じた尚人が、早めに主審に釘を刺した。タックル、ちょっとあぶないですよ、と声をかけたのだ。抗議口調ではなく、反対にやわらかな口調で。さすがはキャプテン。やり方がうまい。

　相手のエースは9番のフォワードで、チームはその選手にとにかくボールを集めた。それが唯一の戦術のようだが、だからこそ徹底してた。

　そして前半の二十分あたりに、わかっていながらその9番にやられた。左サイドの選手に右サイドバックの節郎が抜かれ、尚人が対応に出たことで、その後ろにスペースができた。そこへ走りこんだその9番にパスを通され、キーパー利実との一対一の形をつくられも。

て、決められたのだ。

あぁぁぁ、と嘆きの声が出た。みつば高のベンチからも。その後方にいる親たちから

チラッとそちらを見る。

伯母さんと田崎さんがこちらを見てた。背番号13を見てたのか試合を観てたのかはわからない。まあ、試合だろう。どちらも残念そうな顔をしてる。

二人の左方、少し離れたところにぼくと同い歳ぐらいの男が立ってるなぁ、と思ってよく見たら、それはキングだった。元部員のキングだ。

キングは一人、Tシャツにハーフパンツという私服姿でそこにいた。

目が合ったような気がしたので、軽く右手を挙げる。

キングも挙げ返す。

あの駅ナカのカフェで別れたときみたいだ。

真乃がキングに声をかけたことは知ってた。試合、観に来なよ、と真乃は言ったのだ。対してキングは、行かないよ、と言ったらしい。

でも、来た。

理由はどうでもいい。来た。充分だ。そう思った。

入学してから、ずっと一緒に部活をやってきた。キングはやめてしまったが、今はここ

にいる。みんなといる。それでいい。

先制されてそのままズルズルいってしまったのが、総体の試合だった。今日のみつば高はちがった。意気消沈せずに、攻めた。郷太や修介や悟や貴臣だけでなく、みんなで攻めた。哲やゴンも攻めたし、尚人や翼も攻めた。こわがんな！　上がれ上がれ！　と最後尾からコーチングすることで、利実も攻めた。ボールをとられたらみんなで守り、ボールをとり返したらみんなで攻めた。つまるところ、みつば高の戦術はそれだ。全員守備に、全員攻撃。悟や貴臣に頼ることは頼る。でも頼りきらない。

五十嵐の妥協すんなも、今日はいつもより少ないように思えた。木じゃなくて森だぞ的な指示は、ただの一度も出なかった。今さらそんなことを言ってもしかたないと考えたのかもしれない。

そのまま〇対一で前半が終わった。

ハーフタイムのミーティングでは、今の感じでいい、と五十嵐が言った。尚人に意見を求められたので、ぼくも、今のを続ければじき点はとれるよ、と言った。根拠はないが、無責任に言ったつもりもない。

みんなで円陣をつくり、みつ高ファオファオのショートヴァージョンをやる。レギュラーの選手たちはピッチに出ていき、ぼくはベンチに座った。

後半が始まって五分もしないうちに、翼がファウルで相手の9番を倒し、それで与えたフリーキックを9番自身に直接決められた。ぼくも得意な左四十五度、デルピエロ・ゾーンからだ。

あぁぁぁぁ、という嘆きの声が再び上がる。今度はちょっと長かった。でも今のプレーはしかたない。ペナルティエリア内でのファウルと判断され、PKをとられてもおかしくなかった。それどころか、後ろからのファウルということで、翼がレッドカードを出される可能性もあった。むしろイエローですんでたすかったと考えるべきなのだ。

で、たぶん、みんなも実際にそう考えた。〇対二になっても、みつば高の選手たちは落ちこまず、足を止めなかった。

そして後半十五分のあたりで、悟が魅せた。ドリブルで相手陣に切りこみ、エース貴臣にラストパスを出すと見せてボールを持ちかえ、利き足でない左でシュートを打ったのだ。

不意を突かれたキーパーの反応が遅れ、ボールはゴールへ飛びこんだ。

よしっ！　とベンチの全員が立ち上がり、手を叩いて跳びはねた。

やっぱりうまいんだな。と、ちょっと感動した。悟が決めたのもまたうれしかった。今やウチのエースは貴臣だが、ぼくら三年のエースは悟なのだ。

正直に言う。

中学のとき、最後の大会の試合では、チームの敗退を願った。願ってしまった。かなり遠かった試合会場にまた足を運ぶのが面倒だったからだ。ひどい話だが、そう思った。思ってしまった。

でも今はそんなことはない。勝ちたい。勝ってほしい。何なら冬の国立にも行ってほしい。

もしかするとベンチは、コンビニ弁当や冬の缶コーヒーみたいに、温める必要があるのかもしれない。温める価値があるのかもしれない。今はそう思う。ランナーズハイならぬウォーマーズハイみたいなものもある。本当に、そう思う。

何故だろう。ぼくは唐突に父のことを考える。

店の経営が軌道に乗った。再婚まで考える余裕もできた。ぼくを引きとれるようになった。だから、引きとると言う。それはそれで、おかしくない。むしろ当然かもしれない。引きとる力もないのに引きとると言う。そのほうがおかしい。言いださなかった父の気持ちもわかる。一方で、言いださなかった父に怒った伯母さんの気持ちもわかる。どちらがいい悪いじゃない。いや、いい悪いだとしても。どちらも受け入れたい。

敬吾のセンタリングからの悟のきれいなボレーシュートはワクを外れる。オフサイドぎりぎりで飛び出した郷太のヘディングシュートはキーパーのファインセーブに遭う。意表を突く貴臣のミドルシュートは惜しくもクロスバーを叩く。

この試合に負けると、今日で部活も終わる。明日からは、ただ受験生としての生活が始まる。レギュラーだとかそうじゃないだとか、そんなことは意味を持たなくなる。だとしても、レギュラーじゃないという意識そのものはなくならないだろう。多少薄まりはしても、なくなりはしないだろう。

やっぱり国立大学を受けよう、と思う。現役で受かってやろう、と思う。学費が高い安いじゃない。伯母さんに迷惑をかけたくないとか、そういうことでもない。伯母さんが進んだ道を、自分も進んでみよう。チャレンジしてみよう。二軒の店をつぶした父は、それでもめげずにチャレンジした。その血は、ぼくにも流れてるはずだ。

あと一点がとれない。でもこちらもとらせない。ピッチではそんな攻防が続く。全体のレベルは低いかもしれないが、攻守が目まぐるしく変わる、見応えのある試合だ。郷太や修介がシュートを打つ。利実や尚人がシュートを防ぐ。

負けてはいるが、五十嵐は動かない。まあ、それはそうだ。ぼくらのようなチームでは、レギュラーとレギュラーじゃない者の力の差が大きい。レギュラーがケガをしたり、度を越えて疲れたりしてない限り、交代はさせない。

そして残り十分。五十嵐がやっと動いた。というか、あり得ない動き方をした。

「大地、アップしろ」

「はい?」とつい聞き返す。

「アップだ。二分で頼む」

「いや、あの」

「早く！」

あわててベンチから立ち上がる。どうしていいかわからない。その場に立ち尽くしてしまう。

「大地、アップ！」と、五十嵐の背後にいる真乃が急かす。

「でも」とぼく。

「でも何だ」と五十嵐。

「まだ勝てますよ」

「ああ。勝てる。だからお前を出す。お前を出せば、みんな、燃える。最後の切札だ」

「そんな」

本気なのか冗談なのかよくわからない。いや、まちがいなく冗談だろう。

「尚人にも言われたんだよ。大地のフリーキックをつかわない手はない、トーナメント戦では絶対に必要だって。確かにそうだ。いい位置でフリーキックをもらえたら、お前が蹴ってこい。ズバンと一発決めてこい」

「ぼくのは、ズバンというよりは、ふわりという感じですけど」

「あぁ。そうだな。ふわりと一発決めてこい。大地らしいのを決めてこい」

それでも動こうとしないぼくに、五十嵐は言う。

「なあ、いいか。勘ちがいするなよ。これはお情けでも何でもないぞ。勝ちをあきらめたからお前を出すんじゃない。追いつきたいからお前を出すんだ。貴臣と交代でな」

「え、貴臣なんですか？　交代」

「そうだ。貴臣と交代で大地が出る。貴臣もそのつもりでいる。だから初めからあんなに飛ばしたんだ。あいつが倒れる前に、早くアップしろ」

「ほら、大地、アップ！」と真乃が再び急かす。

ぼくはスパイクのヒモを結び直し、ベンチの後方へまわる。屈伸、伸脚をやり、短い距離のダッシュをくり返す。緊張してる余裕もない。伯母さんと田崎さんに目をやる余裕もない。

アップがすむと、ボールがピッチの外に出るのを待って、五十嵐が主審に声をかけた。

「10番アウト！　13番イン！」

駆け戻ってきた貴臣と、パチンと手を合わせる。

「頼みます！　勝てますよ、ウチら」

貴臣にそう言われ、いや、頼まれても、と言いそうになるが、そこはこらえて言う。

「うぃっす」

そしてピッチに駆けこんだ。

タッチラインをまたいだだけで、見え方が変わる。風景が変わる。敵味方合わせたほかの二十一人が同じ平面に立ってることを実感する。とてもじゃないが、森は見れない。慣れてないぼくは、一本の木さえ、見れないかもしれない。

スローインでプレーが再開され、ぼくはやみくもに駆けまわる。システムの変更はない。ぼくが入るのは、そのまま貴臣のポジションだ。

あのうまい10番に代わって入ったのだからそこそこやるだろうと思ったのか、ぼくにマークがつく。相手のボランチだ。あ、それ、必要ないですよ、と言ってやりたくなる。まあ、言わなくてもわかるだろう。残り七、八分でも。

悟から二度パスがきて、二度ともボランチにとられた。パスをカットされたのではない。ぼくが持ったボールを、とられたのだ。

でも悟が懲りずにくれた三度めのパスは、ダイレクトで修介にはたくことができた。それがたまたまいいパスになり、修介はシュートを打った。が、ボールはキーパーにキャッチされる。

「ナイスパス、大地！」と修介に言われる。

後輩からの呼び捨てが何とも心地いい。

「大地〜！」という声が、ピッチ外から聞こえてきた。女声。若くない。真乃や桃子や未来ではない。

たぶん、伯母さんだろう。

伯母さんのそこまでの大声は、初めて聞く。さすがは姉妹。声も似てるよ、母と。

宮島と田崎。どっちでもいい。

ぼくはこの先も、伯母さんの甥っ子息子でいたい。

はっきりと、そう思う。

伯母さんと、そして伯母さんが好きになった田崎さんと、一緒に暮らしたい。

たまには、父の店にイタリア料理を食べに行きたい。そのときは、一人じゃなく、伯母さんと二人で行きたい。田崎さんと三人でもいい。

その代わり、父にも母の墓参りに行ってほしい。別れた妻のそれをするのはどうも、と言うなら、ぼくの母のそれとして、行ってほしい。

試合に出慣れてないから、時間の経過がわからない。残り一分か二分か。それとも、もうアディショナルタイムに入ってるのか。入ってるなら、アディショナルタイム何分とベンチから、また主審からも声がかかるだろう。

悟が相手センターバックに倒される。哲から縦パスを受けたところを。ペナルティエリアのすぐ外で。

主審の笛が鳴り、みつば高にフリーキックが与えられる。

よしっ。直接決めちゃえ、悟。

と思ってたら。

その悟に言われた。

「直接決めちゃえ、大地」

「え？」

「ここからなら大地だ。ほら」とボールを渡される。

ここ。左四十五度。デルピエロ・ゾーン。

「いや、あの、でも」

「行こうぜ、大地！　入れちゃえ！」と背後から言われる。

尚人だ。

「見せてくれよ、大地」と哲。

「練習どおり打ちゃ入るって」と敬吾。

モタモタしてる時間はない。自分でボールをセットする。落ちつけ、大地。助走の距離をとる。マジで落ちつけ、大地。

警戒した相手が壁をつくる。その数、五枚。無理もない。向こうにしてみれば、ここで振りだしに戻されるわけにはいかない。

「近い近い」と主審に注意され、五枚の壁が二歩後ろに下がる。

それでも、壁はかなり高い。デカいディフェンダーにデカいフォワードまで加わるから、五枚すべてが高い。

キーパーは、逆に見づらいだろう。

ぼくにもシュートコースは見えない。一番右の壁の頭を越えて、落とす。それしかない。

で、ぼくはストンと落ちるボールを蹴れるのか？

蹴れない。

ぼくにできるのは、慎重にコースを狙うことだけだ。

ただ。思いどおりに蹴れれば、入るかもしれない。

「大地、狙え！」「決めろ、大地！」「頼むぞ、大地！」「大地！」

助走を開始する。

ぼくがこれを外したところでみんなが文句を言わないのはわかってる。でも決めたい。

相手が警戒してる。そのことがわかる。向こうはたぶん、ぼくをフリーキックの名手だと思ってる。この時間に出てくるんだからスーパーサブだと思ってる。周りのみんながかけてくれた声を聞いて、ぼくが直接ゴールを狙ってくると、そう思いこんでる。

ゴールを決めたい。ぼく自身が決めなくてもいい。チームとして、決めたい。一パーセントでも確率が高いほかの選択肢があるなら、ぼくはそちらを選ぶ。それこそがぼくだ。

郷太が素早く動き、マークを外すのが見える。ゴールを狙わず、ぼくは郷太が走りこむ先にボールを蹴る。走りこむ郷太の頭に合わせる。そこへなら、確実に蹴れる。自信がある。

相手にしてみれば予想外のところへボールが飛ぶ。ゴールには向かわない。でもふわりと浮かんだそのボールが落下する先に郷太がいる。

郷太はフリーでヘディングシュートを打つ。

どんぴしゃり。

そのボールは、ゴールポストに当たる。当たり、ゴールの内側じゃなく、外側へとはじかれる。

うわぁぁ、と大きな声があちこちで上がる。ピッチ内でもピッチ外でも上がる。

「まだまだ。まだ時間はあるぞ！」と尚人が言い、みんなが自陣に駆け戻る。

「大地、悪い。ボール、スゲえよかったのに」と郷太が言う。

「惜しかったよ。もうちょいだった」と返す。

本当に、惜しかった。しかたない。今日の郷太は、貴臣と同じぐらい走りまわってた。守備のしすぎで疲れてたのだ。

このままいけば、部活は終わる。残りの数分で、まさかの同点、そして奇跡の逆転、なんてことがあれば、まだ続く。

終わるにしても、続くにしても。

このあと。

一緒に帰ろうよ、と真乃を誘ってみよう。誘われるのを待つんじゃなく、自分から誘ってみよう。キューピッドなんだから、自分で何とかしよう。全裸に白い羽で、矢を放とう。

ピッチを走りながら、ぼくはふとベンチを見る。貴臣は立って試合を観てるので、さっきまでぼくが座ってたとこは空いてる。

二年と四ヵ月。ずっと補欠だったけど。

楽しかったなぁ。部活。

いやいや。まだそんなこと言っちゃいけない。

前に伯母さんも言ってた。

負けは、実際に負けたときに認めればいいのだ。

あと数分。勝つよ、ぼくらは。

解説――いつまでもホケツなんて人生はない

株式会社本の雑誌社　杉江由次（すぎえよしつぐ）

もっと早く出会いたかった。この小説にもっと早く出会いたかった。痛切に思った。あの頃、中学校のサッカー部で、試合開始前に名前を呼ばれることがなかった自分に読ませてあげたいと思った。三年の夏、一切自分がピッチに立つことなく、市内大会、地区大会と優勝し県大会に進んだとき、〝県大会の秘密兵器〟と強がっていたけれど、結局秘密のまま終わってしまった自分に読んで欲しいと切実に思った。それは、この作品が生まれる三十年以上も前のことだから、どだい無理な相談なのはわかっているが、もっと早く出会いたかった。

でも読めただろうか。読み切ることができただろうか。文字が追えないということではない。ストーリーが頭に入らないなんてわけでもない。あまりに自分の境遇と似過ぎていて苦しくなっていたかもしれないと思うのだ。なにせこんなに長い時が過ぎた今でも、人生で一番カッコつけたいときに一番カッコ悪い場所にいた劣等感は拭（ぬぐ）い去ることができず、一ページめくっては遠くを見つめ、一ページめくっては涙を堪(こら)え、激しい感情に揺さぶられているのだから。この気持ちはずっとレギュラーだった人にはわからない……。いや、ずっとレギュラーの人なんてこの世にいないのだ。例えば遠藤航(えんどうわたる)、植田直通(うえだなおみち)、大島僚太(おおしまりょうた)といった子どもの頃から誰よりもサッカーが上手く、スーパーエリートの道を歩んで日本代表まで上りつめた彼らだって、ロシアワールドカップでは一度もピッチに立つことがなかった。ベンチで四試合、三六〇分過ごしたのだ。

もちろんそれはサッカーだけではない。大人になって、課長、店長、プロジェクトリーダーなどそこにポジションがある限り、必ずポジションを手に入れられる人と手に入れられない人が生まれるのだ。求める求めないにかかわらずどちらの立場にも立つ可能性がある。誰にでもある。

ただし『ホケツ!』はポジションを手に入れられなかった人の慰(なぐさ)め小説ではない。ポジションを手に入れられた人と手に入れられなかった人の両方がしっかり描かれた小説だ。

そしてまたサッカーだけでもない。『ホケツ!』を単なるサッカー小説だと思ったらもったいない。なぜならきちんと人間ドラマが描かれているからだ。それはしかし特別なドラマではない。誰にでも起こる可能性のあるドラマだ。そんなドラマだからこそ届くのだ。心を鷲摑(わしづか)みにされるのだ。しかも小さなドラマが積み重なって大きなドラマが描かれる。それは私の人生だ。私たちの人生だ。もうダメだ。

電車の中で読んでいて堪えきれず涙がポロポロとこぼれ落ちてしまった。あわててハンカチで拭っていたら周りの人に心配の眼差しで見つめられてしまった。とても外では読めないと自宅のベッドの上で読んでいたら声を上げて泣いてしまった。滂沱の涙だ。

誰もが挫折をしている。誰もが諦めたことがある。誰もが諦めたことを後悔している。ずっと大切なポジションが与えられ、ずっとレギュラーの人生なんてありはしない。その代わりどこでもホケツなんて人生もない。いつまでもホケツなんて人生もない。ポジションは与えられるものではなく、探し当てるもの。自分の手でつかみとる、なんてカッコ良すぎるものではなく、見つけるもの。あるいは見つかるもの。それくらいの気分が小野寺史宜の小説だ。それがすごく心地いい。心さえ閉じてなければ必ず見つかる。

そうなのだ。みつば高校三年生、後輩にも追い抜かれサッカー部の最上級生で唯一ピッチに立てずベンチから試合を見つめる大地は、五歳の時に両親が離婚し、母親と暮らすがその母親も中学一年の時、ガンで失う。それからは母親の姉、キャリアウーマンの伯母さんとみつば南団地D棟四〇四号室で暮らしてきた。

なにごとにも自信がなく、自己主張もせず、練習のフリーキックのポイントすら後輩に譲ってしまう大地は、そのまま心を閉ざしてしまってもおかしくない。しかし心は閉ざさない。「妥協するな!」「木を見て森も見ろ」と教えるサッカー部の顧問や同級生から〝姉さん〟と呼ばれるマネージャーらの言葉に素直に耳を傾ける。

たぶん私にもそういう言葉をかけてくれた人たちがいたと思う。でも言葉は耳に届かなかった。なぜなら十代の私は耳を塞いでいたからだ。特に大人の言うことには一切耳を貸さなかった。どうしてあんなにつっぱっていたのかわからないけれど、いま『ホケツ！』を読んで後悔している。私がレギュラーになれなかったのは技術ではなく、そういう心のせいだったのではないか。やっぱりあの頃『ホケツ！』と出会っていればと思うのだ。

　でも今読めて良かったという思いも強い。なぜなら大人になり、大地と同じ年の子をもち、大地と暮らす伯母さんとほとんど同じ年になったからこそわかることもあるからだ。伯母さんの大地を思う気持ちが切実にわかる。自立して欲しいという願いもよくわかる。だから忙しい。一行読んでは大地に感情移入し、一行読んでは伯母さんに共感し、こんなに心が揺れ動く小説は初めてだ。

　それにしてもどうして小野寺史宜の小説を読んでいるとこんなに涙があふれてくるのだろうか。確かに私は涙脆いほうではある。本を読んで涙をこぼしたり、映画を観て嗚咽したりすることは少なくない。

　しかし小野寺史宜の小説を読んで流す涙はそれらとちょっと違うのだ。感動的なクライマックスやつらい離別など大きく心を揺さぶるシーンにばかり涙するのではなく、「どこで泣いたの？」と聞かれても咄嗟に答えられないあまりに些細なシーンで涙があふれてくるのだ。

　例えば一緒に公園でサッカーの練習をしていた子どもの家に招かれ母親の勧めているお弁当屋さんの残りの唐揚げを食べているシーン（『リカバリー』より）だったり、生前の父親の足跡をたどって訪れた料理屋で女将さんが面倒を見てくれるところや（『ひと』より）、初めて行ったスキーで遭難しかけてひとりリフトで降りるとき一緒に乗ってくれた場面（『家族のシナリオ』より）などで、ふいにあふれ出す涙に戸惑いながらもいつもあたたかい気持ちになるのだった。

　きっとそれは当たり前にある優しさに触れているからだろう。気を使うとか優しく振る舞うとかそういう意図すらなく、人に親切にしたつもりもまったくないくらいの振る舞いに接し、自然と涙があふれてくるのだ。

　もちろんそんな人にだって苦労があり、悩みがある。例えば離婚していたり、子どもを失っていたり、仕事も住む場所もなかったり。大地を育てる伯母さんだって、見方を変えれば妹を失っているのだ。苦労や悲しみを背負っていない人などこの世にいないのだ。

　小野寺史宜の小説の多くの登場人物はそういった困難や孤独を抱えている。いや喪失といった方がいいかもしれない。両親の離婚によって母親に引き取られた娘、子供を失った夫婦、両親が事故に遭いひとりになってしまった大学生。

　心を閉ざしてしまってもおかしくない状況なのに、彼ら彼女らは、決してそれでも人との出会いを拒んではいない。どれほど傷を受け、人を恨んでしまいそうになっていたとしても、傷つくことを恐れずに人と交わっていく。それでまた傷つくこともあるけれど、それでも人と接していく。そして、人と出会うのだ。人と出会って、変わっていくのだ。それが小野寺史宜の小説だ。

メール、ＳＮＳ、無人レジ……これから一層、人と接することが減っていくであろう世の中で、小野寺史宜の小説はより強く求められていくことになるだろう。

(この作品『ホケツ!』は平成二十七年二月、
小社より四六判で刊行されたものです)

ホケツ!

一〇〇字書評

切り取り線

購買動機（新聞、雑誌名を記入するか、あるいは○をつけてください）	
□（　　　　　　　　　　）の広告を見て	
□（　　　　　　　　　　）の書評を見て	
□ 知人のすすめで	□ タイトルに惹かれて
□ カバーが良かったから	□ 内容が面白そうだから
□ 好きな作家だから	□ 好きな分野の本だから

・最近、最も感銘を受けた作品名をお書き下さい

・あなたのお好きな作家名をお書き下さい

・その他、ご要望がありましたらお書き下さい

住所	〒				
氏名		職業		年齢	
Eメール	※携帯には配信できません		新刊情報等のメール配信を 希望する・しない		

この本の感想を、編集部までお寄せいただけたらありがたく存じます。今後の企画の参考にさせていただきます。Eメールでも結構です。

いただいた「一〇〇字書評」は、新聞・雑誌等に紹介させていただくことがあります。その場合はお礼として特製図書カードを差し上げます。

前ページの原稿用紙に書評をお書きの上、切り取り、左記までお送り下さい。宛先の住所は不要です。

なお、ご記入いただいたお名前、ご住所等は、書評紹介の事前了解、謝礼のお届けのためだけに利用し、そのほかの目的のために利用することはありません。

〒一〇一 - 八七〇一
祥伝社文庫編集長　清水寿明
電話　〇三（三二六五）二〇八〇

祥伝社ホームページの「ブックレビュー」からも、書き込めます。

www.shodensha.co.jp/bookreview

祥伝社文庫

ホケツ！

平成30年9月20日　初版第1刷発行
令和6年7月30日　　　第7刷発行

著　者　おのでらふみのり
小野寺史宜

発行者　辻　浩明

発行所　しょうでんしゃ
祥伝社

東京都千代田区神田神保町3-3
〒101-8701
電話　03（3265）2081（販売部）
電話　03（3265）2080（編集部）
電話　03（3265）3622（業務部）
www.shodensha.co.jp

印刷所　堀内印刷
製本所　ナショナル製本
カバーフォーマットデザイン　芥　陽子

Printed in Japan ©2018, Fuminori Onodera　ISBN978-4-396-34454-2 C0193

祥伝社文庫の好評既刊

加藤千恵　いつか終わる曲

うまくいかない恋、孤独な夜、離れてしまった友達……。〝あの頃〟が痛いほどに蘇る、名曲と共に紡ぐ作品集。

小手鞠るい　ロング・ウェイ

人生は涙と笑い、光と陰に彩られた長い道のり。時と共に移ろいゆく愛の形を描いた切ない恋愛小説。

坂井希久子　泣いたらアカンで通天閣

大阪、新世界の「ラーメン味よし」。放蕩親父ゲンコとしっかり者の一人娘センコ。下町の涙と笑いの家族小説。

佐藤青南　ジャッジメント

容疑者はかつて共に甲子園を目指した球友だった。新人弁護士・中垣は、彼の無罪を勝ち取れるのか？

小路幸也　娘の結婚

娘の結婚相手の母親と、亡き妻との間には確執があった？　娘の幸せをめぐる、男親の静かな葛藤と奮闘の物語。

平　安寿子　こっちへお入り

三十三歳、ちょっと荒んだ独身ＯＬ江利は素人落語にハマってしまう。遅れてやってきた青春の落語成長物語。